HISTÓRIAS DA PANDEMIA

HISTÓRIAS DA PANDEMIA

Haroldo Ceravolo Sereza
Joana Monteleone
Organização

Paloma Franca Amorim

Evanilton Gonçalves

Vera Moll

Felipe Cruz

Marcelo Godoy

Luiz Kignel

Patrícia Berton

Márcia Denser

Marana Borges

Luana Chnaidermann

Alameda

Grafia atualizada segundo o Acordo Ortográfico da Língua Portuguesa de 1990, que entrou em vigor no Brasil em 2009.

Edição: Haroldo Ceravolo Sereza
Editora assistente: Danielly de Jesus Teles
Projeto gráfico, diagramação e capa: Danielly de Jesus Teles
Assistente acadêmica: Tamara Santos
Revisão: Alexandra Colontini
Imagem da capa: Fotografia da série *Desejos suspensos* #5, 2001, de Denise Adams

CIP-BRASIL. CATALOGAÇÃO-NA-FONTE
SINDICATO NACIONAL DOS EDITORES DE LIVROS, RJ

Histórias da pandemia / organização Haroldo Ceravolo Sereza, Joana Monteleone - 1. ed. - São Paulo : Alameda, 2020.
21 cm.

ISBN 978-65-86081-27-5

1. Contos. 2. Editora Alameda. 3. COVID-19. I. Haroldo Ceravolo Sereza. II. Joana Monteleone

19-61881 CDD:B869.3
CDU: B869.3

ALAMEDA CASA EDITORIAL
Rua 13 de Maio, 353 – Bela Vista
CEP 01327-000 – São Paulo, SP
Tel. (11) 3012-2403
www.alamedaeditorial.com.br

Sumário

Apresentação

Haroldo Ceravolo Sereza e Joana Monteleone

O aniversário oficial da Alameda é Vinte Cinco de Abril, assim em caixa alta, em homenagem à Revolução dos Cravos, tema do nosso primeiro livro, lançado em 2004. Estamos fazendo, portanto, dezesseis anos. Somos, de um certo modo, editores adolescentes – que, como tanta gente nessa idade, suporta mas não suporta a reclusão exigida pelo momento, que nos contraria a vontade de estar fazendo uma grande festa, convidando os melhores amigos e chamando os mais bacanas DJs da cidade para tocar.

A gente queria um forró, um sambão, e comemorar os seiscentos títulos que a gente lançou desde que nasceu. É um número aproximado, porque toda vez que a gente termina de contar alguns outros já estão surgindo, outros foram adiados (a capa desta edição foi feita sobre uma foto de Denise Adams, carinhosamente cedida pela artista para um livro que, no primeiro ano de existência, escolhemos, editamos, fizemos o prefácio – e a família do autor sumiu na hora de fechar o contrato já negociado; de repente, ela ressurgiu sem motivo no meio da papelada que a gente tirou da editora para poder trabalhar em casa, e tanto sentido fez), e tanto há o que fazer que a conta nunca fecha, como, aliás, nunca fecha a conta-corrente nesses anos todos, que só não é mais vermelha do que nosso coração.

Se não é tempo de festa, não queríamos, por outro lado, deixar a data passar batido. Em meio às ideias de como registrá-la, veio a de lançar um livro, que, ao fim e ao cabo, é o que imaginamos fazer de melhor.

Juntamos dez escritores com os quais temos uma relação de empatia, admiração e amizade. Gente que participou, direta ou indiretamente, desses nossos anos. São dez histórias, de autoras e autores que já publicaram pela Alameda – Paloma Franca Amorim, Marcelo Godoy, Vera Moll, Luiz Kignel e Patrícia Berton – e mais cinco que, agora, com muito orgulho, também passam a sê-lo: Márcia Denser, Evanilton Gonçalves, Felipe Cruz, Luana Chnaidermann e Marana Borges.

Esta reunião de dez histórias, escritas especialmente para este livro, é um presente para a gente. E, temos certeza, para quem os ler. Estilos, perspectivas, regiões, idades, trajetórias tão diferentes: a gente poderia escrever um pouco sobre cada conto, adiantar o que estará nas próximas páginas, tentar guiar a leitura de alguma forma. Mas achamos melhor aqui colocar só os nomes e deixar que leitoras e leitores naveguem por esses estilos tão pessoais um tanto no escuro ou às sombras, com a referências que já têm ou não sobre quem escreve.

Que esse livro sirva, também, de homenagem a todos que nos ajudaram a sobreviver por esses dezesseis anos e também pelo período de reclusão forçada por que passamos. São pesquisadores da universidade e do jornalismo, escritores, designers, vendedores, livreiros, equipe administrativa, estoquistas: tanta gente que existe para que o livro, esse objeto físico e digital que representa a resistência em tempos de obscurantismo, possa existir.

Abril de 2020

A febre vai lhe cobrir os ossos

Paloma Franca Amorim

Lá fora está tudo muito esquisito, às vezes eu saio de bicicleta e passo rápido pelos lugares onde antigamente eu costumava parar um pouco, sentar, respirar, levar uma conversa extensa, de muitas pausas, largas reverências ao silêncio.

Os carros passariam na avenida, sempre em sua maneira triste de correr de si mesmos. E estaríamos ali, novamente, nas calçadas, cantando talvez, ou rindo, ou chorando. Agora tudo é muito vazio, vazio como o fundo de um copo onde ninguém bebeu, ou um pouco menos, um pouco menos árido, porque vez ou outra, nas bordas das esquinas há corpos deitados sobre amontoados de colchões e cobertores doados pelas pastorais. Outro dia teve sopão, foi uma vez única na semana, esquisito à beça, porque normalmente tem sopão toda noite. Um rapaz comentou com o moço da pastoral, perguntou o que estava acontecendo, aproveitou também para saber sobre as máscaras tapando as frontes dos passantes. O moço da pastoral respondeu: há um vírus no mundo se alastrando muito rápido, pelo ar, e o pessoal está se protegendo. Tudo mudo em volta, só há as pessoas e seu barulho com os dentes e a garganta, sorvendo ininterruptamente a sopa de legumes, o caldo fumegante salgado banhando a cenoura, a batata, a couve, a abobrinha, tudo misturado. Um sabor reconfortante naquela noite azul e fria.

Eu saí ontem para ver meu pai e caí de bicicleta no meio da faixa. Um marmanjo três vezes maior que eu atravessou meu caminho em alta velocidade e eu acabei desequilibrando, a roda da bicicleta virou contra uma mureta e eu vivi um lançamento digno de homem bala. Bati minha cabeça, mas na hora nem senti nada, fiquei mais com medo de ficar muito tempo longe da máscara que havia sido atirada ao longe, metros e metros diante de mim, estatelada e branca, anti-higiênica naquele minuto de estar tão perto da poça de lama iluminada onde, suspeito, habitava um colóquio de merda alheia.

Pus a máscara no rosto mesmo assim, antes que alguém tentasse ganhá-la para si com a minha distração. Meus pés doíam, a tira da sandália de couro arrancou um pedaço da pele, fez um lastro de sangue escorrer e o dedão ficou com um sangue pisado do diâmetro de um ponto de luz.

O pneu da bicicleta estava levemente tombado para a esquerda, fora da rota das engrenagens. Um barulho estranho, férreo, vinha das correias e eu desisti de pedalar, fui empurrando até o prédio onde meu pai estava hospedado, um pequeno apartamento alugado no centro pela família quando a pandemia se iniciou.

Abri a porta com cuidado, empurrando a maçaneta com um naco do cotovelo para evitar o contato manual contraindicado pelo ministério da saúde. Trazia na bolsa uma série de marmitas que empilhei com cuidado sobre as gavetas da pequena geladeira alojada na cozinha contígua à sala. Apenas um pequeno balcão faz a divisão dos dois ambientes, criando um clima, digamos assim, um tanto norte-americano na decoração, mas isso não foi problema porque tínhamos pressa para fechar o contrato de locação. A pandemia na Itália já causava um alarme global assustador então nos antecipamos e arrumamos um bunker para o velho.

Na televisão passava mais uma reportagem sobre a tal Eni que há meses tem feito convocações esdrúxulas através de meios piratas, diz-se uma espécie de bastião da justiça social. Jovem, bonita, negra, nem magra nem gorda, muito articulada, nem sei explicar, começou um programa na mesma época em que a pandemia se iniciou, fala coisas como *a rua é nossa, deixem os pobres viver: sacrifiquem-se*. Parece aliar-se a um discurso religioso, quase sebastianista, para convencer os mais abastados a se contaminarem com o vírus, sem recorrer a tratamentos oficiais, jogando com uma espécie de sorte da doença dentro de casa, a fim de realizar o que chama de seleção social orgânica. São ideias malucas que hoje, dia 24 de agosto, passado tanto tempo do caso zero no país, preenchem as telas do mundo inteiro. Eni há alguns meses era apenas uma piada, circulava pelos celulares com efeitos diversos criados por gente que desdenhava de sua iniciativa revolucionária.

Eni justifica as próprias opiniões com base na distribuição de renda e de espaço, parece às vezes tomada por uma ênfase política emocional bastante vista nos processos de retomada histórica latino-americana. É como portasse uns trezentos Cienfuegos em cada olho, nos gestos pesados das mãos, nas palavras que tropeçam umas nas outras quando faladas com tamanha rapidez. Eni é tão bonita que meu pai ficou apaixonado por ela.

Uma das vezes que fui entregar seus mantimentos, observei-o fascinar-se a cada formulação política da moça, parecia capturado por poderoso ímã, balbuciava elogios com sinceridade enquanto pendia o corpo recostado na poltrona. Eu me preocupei com sua respiração pesada e novamente passei um pano com desinfetante em todos os móveis da casa, alinhei a roupa de cama nova, milimetricamente, sobre o colchão, fui à cozinha terminar a preparação do almoço e a organização das marmitas.

Meu pai comia com dificuldade, as mãos trêmulas derrubavam a comida por cima da bandeja que eu havia improvisado usando uma das portas soltas do guarda-roupa. Eu o ajudava, depois tirava seu prato, o lenço preso à camisa como um babador, lavava a louça na pia da cozinha, com muito esmero para aniquilar os germes.

Eni falou na televisão, uma vez, em um quadro do jornal das oito horas. Tratava-se de um especial sobre a pandemia dedicando alguma atenção para suas palavras, chamaram-na de *assombroso recado das margens*, pareciam revelá-la como uma bruxa moderna, muito jovem, cheia de desejo por fogueiras e antirredenções.

Eni tem o costume, pelo que já se viu nos últimos meses desde o seu vídeo inaugural nas redes, de oscilar entre a voz política, tenaz e cheia de afirmações inquietantes, e episódios literários nos quais se debruça sobre livros de poesia e de pequenas prosas, embebida de um encanto todo brilhante. Parece erguer-se em solo lunar e, por completo bárbara e vitoriosa, finca a bandeira de sua nação no território inimigo.

Busquei mais informações sobre a moça, fiquei horas lendo artigos a respeito de seu ativismo retórico em vários jornais, Eni parece ter seduzido a todos com sua essência rebelde e desobediente. *Sacrifiquem-se*, ela diz, *não basta dividir o pão, devem haver menos estômagos, estômagos de ouro não são mais bem-vindos nesta terra. As crianças têm fome da carne de vocês. O vírus foi feito para vocês. O vírus corroerá os estômagos de ouro.*

O presidente se sentiu ofendido, soltou nota a respeito em uma coletiva de imprensa. Disse que agitadores virtuais seriam severamente punidos por suas mentiras e manipulações. Eni nas horas seguintes preparou um vídeo chamando-o para a briga, disse-lhe com cinismo: *o vírus é e está no seu coração, presidente,* e continuou: *por isso o senhor é tão triste. A mentira é sua tristeza, o senhor é movido pela mentira, por isso é tão triste. A febre vai lhe cobrir os ossos, fazer sua pele velha ficar trêmula, os calafrios te trarão o silêncio, seus olhos ficarão arregalados.*

Ao que parece, a polícia foi envolvida no caso, mas Eni continuou sob proteção do caos da pandemia, os ministros pediram ao presidente que a deixasse em paz porque era muito pobre e provavelmente fazia parte daquela corja de jovens detratores derramados sobre o ócio e a falta de perspectivas. O presidente se aquietou, mas vez ou outra resgatava Eni como um péssimo exemplo a ser seguido pelos jovens de nosso país.

Meu pai de poucas palavras já não podia mais suportar o isolamento. Não pôde prever, em seus oitenta e dois anos de jornada, que no final da vida seria o protagonista desta condenação arbitrária, o confinamento capaz de enlouquecer-lhe até a fundura das entranhas. Tinha sido dono de comércio a vida inteira, queria gozar da velhice em grandes transatlânticos pagos ao custo de muitas economias e pequenos nãos diários à família e aos amigos. Sua sovinice era de praxe, soava nos ouvidos de quem lhe conhecia como um código habitual.

Para os filhos reservou as posses bem contadas e fez empenho delas em toda sorte de máquinas para ajeitar-lhes as aparências, eram aparelhos ortodônticos, auditivos, muletas fixas para desentortar pernas bambas, os filhos deviam ficar perfeitos, muito adequados para o que viria no findar-se da infância, as peles muito alvas e sem manchas, as bochechas rosadas de calma educação, os cabelos loiros, um pouco lisos e um pouco ondulados ao sabor dos ventos sem sal.

Além disso, nos deu a educação de três varões, cavalos de corrida, alpinistas. Casamos muito cedo e levamos a vida com camisas muito brancas e desamassadas. Um cheiro de colônia no pescoço, a barba sempre muito bem feita para agrado e bem-estar do patrão.

Ontem não. Ontem eu estava acabado, o corpo envolto em um cansaço eterno caminhava num automatismo estranho. A porta rangeu em empenados dentes. Eni na televisão: *sacrifiquem-se pelos pobres,* com aquele olhar de espantar nossos medos mais profundos. A sacola com os mantimentos quase rasgando, um cheiro ocre no ar. A poltrona de meu pai virada para a televisão, a mão esquerda do velho meio caindo para o lado, muito branca e cheia de veias grossas, verdes, além das pintas amarronzadas do câncer de 1997.

Tirei a máscara já imunda, lancei-a para dentro da lata de lixo aberta com a ponta de meu pé machucado, lavei as mãos com água e sabão ao longo dos vinte segundos orientados pelo ministério da saúde, esquentei o almoço de meu pai, dirigi-me até a bancada onde estava a bandeja, peguei o controle remoto e mudei de canal. Novamente Eni, agora com outra textura pela falta de conexão da antena, dizia as mesmas frases de sempre: *o mundo pertence aos pobres. Aos trabalhadores.*

Exploradores: sacrifiquem-se.

Apertei o botão de desligar, a televisão piscou ficando novamente cor de chumbo, em seus reflexos desenharam-se os móveis penumbrosos da sala. Chamei meu pai três vezes, pai, pai, pai, mas ele não respondeu.

Brasil caramelo

Evanilton Gonçalves

E a incerteza de seguir
Me persegue como um cão faminto
Josyara — *Mansa Fúria*

Eu nem nasci e já tô sabendo que o bicho tá pegando na Terra.

Nesses últimos dias a coisa tem sido agitada. Mainha, coitada, vive andando em círculos e murmurando algumas dúvidas: e agora? E depois? E talvez por escutar quase todo dia a palavra *circulação* ela tenha resolvido seguir olhando mais para o chão e intensificado o uso desse movimento circular que ela, volta e meia, realiza e me deixa um pouco enjoado, antes de ela resolver aquietar o facho.

Meus irmãos nunca falam nada. Quer dizer, o do lado de lá sempre solta umas pérolas.

Quando mainha acorda, nesses tempos estranhos, a primeira coisa que lhe ocorre é: eu estava aqui pensando...

Pronto. Já sei que a cientista vai elaborar mais uma teoria salvadora, embora siga dizendo que o mundo vive ignorando suas reclamações e ideias.

O cara lá de cima está dormindo. Ela percebe e se aquieta. É sempre assim.

O cara lá de cima chega cedo e mainha diz que ele é bem asseado. Não sei a razão desse segundo comentário em particular, mas não tenho como a indagar sobre isso. É certo que quando ele passa o dia com a gente, é uma festa. Quando desaparece um dia inteiro, uma aflição já superada. A gente, ao contrário, todos os dias está zanzando por aqui. Por isso, acho, mainha fez amizade com o cara lá de cima.

Mainha, com seus olhos de câmera de vigilância, está atenta a tudo que se passa ao seu redor. Ela não ignora um homem passar *forever alone* com *A peste*, de Albert Camus, na mão. Reconhece e pensa: aquele ali quer se amostrar. Até a barba de hipster tirou. Depois dessa conclusão, mainha emite uma sequência de gritinhos e o homem, do nada, dá dois pulos apressados para frente. Olha para trás. Não vê ninguém. E avança rumo ao nada com seu passo veloz e sua peste na mão.

Mainha se acomoda e volta a dormir em plena luz do dia no Centro Histórico de Salvador. Nós a seguimos nesses tempos de isolamento social.

Eu sinto uma agradável sensação quando o cheiro bom de comida fresca chega até nós. É sinal de que o cara lá de cima vai se debruçar para partilhar sua comida conosco. Da última vez, mainha devorou aflita como se a comida, que sempre surgia, dia sim, dia não, pela sorte do gesto do cara, de repente, fosse sumir do nada, igual às inúmeras pessoas que não passam mais por aqueles caminhos que formam uma cruz abandonada.

Já reparei que a sobremesa do cara lá de cima é sempre a mesma: bala de caramelo. Ele compra aos montes na banca de doces na outra esquina, que segue clandestinamente aberta. Ele mete um punhado de balas no bolso e forma um aumento acentuado no bolso da calça. Basta ouvir o barulho de papel celofane e já sabemos que ele está com olhos de criança. Ele gosta tanto da bala de caramelo que come várias quase ao mesmo tempo. A gente fica vendo aqueles quadradinhos se desfazendo na boca dele Nunca nos deu uma bala. Diz que é pro próprio bem de mainha.

Quase no meio da tarde, o ouvido biônico de mainha a fez abrir meio palmo de visão novamente. Ela fica matutando o que as duas almas penadas comentam no outro lado da rua. Que viram o filme A *Gripe*. Que é coreano. Que tem na Netflix. Fala de pandemia também, amiga. É, pensa mainha, os humanos são atraídos mesmo por objetos-catástrofes.

Aquele pensamento dela me dá certa aflição, logo mais eu tô aí, vendo a luz do sol e já tenho o medo maior do povo aí de fora que é morrer? Meu irmão do lado de lá se inquieta com minhas reflexões. Não entendo bem o que ele tenta dizer em meio a gemidos, só distingo a frase: é tudo ficção, babaca!

Eu não conheço meu pai, mas tenho quase certeza de que meu irmão do lado de lá herdou o temperamento conflitante dele.

Apesar da padaria em frente fechada, ao rarear as pessoas, o cara lá de cima vivia escutando áudios no celular em que se escutavam vozes estranhas falar de um tal *pão de mia*, que parecia o pior do mundo, porque todo mundo queria distância.

A padaria, que se chama Paris e tem o desenho da Torre Eiffel na placa, para marcar a originalidade e nobreza do local, suponho, era um lembrete quase diário para o cara lá de cima de que nem ele, nem alguém próximo a ele tinham cogitado a possibilidade de mover o corpo por terras estrangeiras. Na pior das hipóteses, pensava o cara lá de cima em voz alta, agora era um luxo a pessoa não ter condições de sair do seu espaço.

Depois de um tempo sério olhando para o celular, ele começa a rir com coisas que provavelmente eram muito engraçadas e o riso sacode toda sua estrutura corpórea, o que faz com que ele, involuntariamente, ao que parece, solte uns peidos estrondosos.

Nessas horas, mainha levanta a cabeça e lança seu olhar de reprovação, muito mais pelo susto daquele abuso sonoro.

O cara lá de cima alça a mão pedindo desculpas, mas mainha não acredita, o riso dele nunca cessa logo. É sempre algo que ele parece querer esticar até o limite.

Para se redimir, ele mostra alguns memes na tela do celular. Mainha finge interesse para não render a discórdia. O céu já mudou de cor.

À noite, ela gosta de se aproximar mais e conversar muito com o cara lá de cima.

Quase em frente ao local em que o homem se senta dia sim, dia não, desapareceram os manequins em formato de mulher, com suas roupas minúsculas e medidas imutáveis, que ficavam expostos na calçada, o que não permitia ao cara lá de cima espiar aqueles objetos imóveis e projetar neles, como sempre fazia quando ninguém parecia notar sua existência, um olhar que transpassava milênios, decifrando as formas e cores daqueles objetos geométricos estampados nos tecidos. Apesar de só usar preto, ele se dedicava mentalmente ao ofício de alfaiate. Pelas expressões de seu rosto, mainha intuía as notas mentais que ele elaborava sobre as peças expostas na rua.

Um talento perdido, ela dizia.

Agora ele não tinha como ficar também fantasiando o que faziam os casais que entravam às pressas no hotel ao lado da padaria. A rotina de trabalho se reduziu a olhar os vários tipos de comércios fechados e fingir se importar com a segurança daqueles espaços. Expectativa: fingimento de atenção redobrada em troca de dinheiro. Realidade: tempo de vida perdido sem desfrutar das horas que jamais voltarão.

Ponderar é uma virtude, mainha sempre dizia. E essa reflexão, como tantas outras que ela compartilhava em seu juízo, me parecia acertada.

Depois do silêncio, a calmaria.

Tento encostar no meu outro irmão para ver se esboça alguma resposta. Nada. Quieto como sempre.

Os pensamentos de mainha despertaram. Ela reflete: alguns dizem estar a espera de um milagre, outros de medicamentos adequados. Cada um quer uma coisa, mas no final a mesma coisa?

Quando me sinto ligado à mainha, penso que, se não for cientista igual a ela, terei predileção por esportes. Serei atleta. Corredor, talvez. Mainha adora esportes também. Sempre que o cara lá de cima está vendo tevê no celular ou ouvindo alguma partida no rádio do aparelho, ela acompanha e vibra.

Já incorporei ao meu estilo.

Agora há pouco seu pensamento agitado relacionou mais ou menos essas informações: parece Copa do Mundo, nunca vi tanto se falar em China, Itália, Alemanha, Espanha e Brasil ao mesmo tempo. Esses times devem ter avançado para a fase final, só pode.

É seleção, não time, mainha, penso em corrigir e também dizer que o cenário, pelo que vejo pelos olhos dela, não parece de Copa. Mas quem sou eu.

Ela segue com sua lógica particular: se bem que, né, alguém falou no rádio mais cedo que não vai ter Olimpíadas esse ano. Dois eventos de grande porte em um só ano, meu coração véio não aguenta.

Queria poder revirar os olhos, rir agora, mas meu irmão do lado de lá resmunga e o outro me deixa aflito pelo silêncio eterno.

Nessa idade, ninguém achava que ela poderia ficar prenha. Não entendo por que o cara lá de cima chama mainha de menina. Ele diz: menina, meniiina! E ela parece contente com isso.

A moça amiga dela até disse que ia levar mainha numa consulta, mas avisou ontem que tá tudo suspenso.

Fique de boa, tentou responder, mas a moça foi embora apressada. Mainha suspirou e em seu monólogo disse que a vida é um risco. Vai ter sempre o risco.

Gosto dos seus apelos filosóficos, me inspira. Mas essas coisas de risco e catástrofes me angustiam. Pelo que entendi, os humanos adoram transformar os outros em números e siglas. Se alguém vier com a audácia de me chamar de SRD, olhe, não sei do que sou capaz.

Parece que a realidade embaralha o raciocínio. Pelo que tenho escutado das vozes agitadas na cabeça de mainha, voltar à normalidade, que é o que ela tanto diz querer nesse momento, talvez não seja o que ela realmente deseje. Até outro dia, ela bradava contra essa tal normalidade assustadora.

Queria que meu outro irmão falasse comigo, acho que seríamos grandes amigos. É só eu pensar isso que meu irmão do lado de lá larga: chora mais, otário!

Mainha fica toda animada com a expressão contagiante no rosto do cara lá de cima quando ele vê o caminhão do Corpo de Bombeiros sair em disparada para salvar alguém de uma situação ruim. Toda vez que o cara olha para dentro do prédio da corporação e vê alguns bombeiros, ele adquire uma nova postura. Seu corpo fica menos arqueado, o coração volta a bater mais forte e sua expressão adquire um aspecto de confiança.

O barulho da sirene nos incomoda, é verdade, mas o rosto do cara, banhado pela luz do giroflex, revela façanhas que ele seria capaz de realizar pela salvação da humanidade.

Mas tudo passa. E o cara volta a se acomodar em sua cadeira de modo peculiar em frente à Praça dos Veteranos.

Quem vê de fora, talvez só enxergue esse cenário de abandono do Centro Histórico. Tudo fechado e nem um pé de gente na rua. Quer dizer, quem vê de fora, talvez enxergue mais. Por exemplo, o cara de meia idade meio inclinado em uma cadeira metálica de bar, transformada em posto de trabalho.

Pelos olhos de mainha, vejo que ele deveria estar com os olhos abertos, mas não está. A cabeça um tanto direcionada para o céu. O tronco metido em um colete preto incapaz de fechar. A palavra amarela *segurança* desaparecendo do seu peito. As pernas jogadas no mundo, encobertas pelo tecido preto da calça. A cadeira que parece frágil sustentando aquele corpo encostado na coluna do Batalhão do Corpo de Bombeiros da Baixa dos Sapateiros.

Ao lado dele, nós.

E eu ali, quase invisível, no canto da barriga de mainha, minhas quatro patas recolhidas, com um misto de aflição e expectativa, junto com meus irmãos, me sentindo um tanto só naquele espaço, indagando no breu como vou lidar com os gênios tão distintos que o mundo cria, os memes em que já sei que apareço e essa responsabilidade de ser um dos símbolos do Brasil.

O tempo

Vera Moll

Mamãe tinha um ditado que eu gostava de ouvir: o tempo perguntou ao tempo quanto tempo tem o tempo, o tempo respondeu ao tempo que tempo sempre tem tempo, sempre dá tempo, sempre sobra tempo.

Ela dizia isso da varanda da casa da fazenda, onde passávamos as férias de janeiro, fugindo do calor abrasador que castigava a cidade. Dali mamãe podia comandar o seu pequeno mundo, onde ficávamos, a partir do início da tarde, abrigados do sol forte, com a brisa suave do nordeste soprando sobre o nosso rosto. Dona Maria passava a roupa que mamãe dobrava, guardava e realizava pequenos concertos. No terreiro, o café era torrado para prover nossa despensa. Oracina levava as panelas para arear no pequeno riacho que, logo à frente, corria. Pega aquele frango, aquele ali, ela pedia, esse, que assaria no forno para o almoço de domingo. Meu pai montava o cavalo e ia um pouco mais longe. De cavalo, se podia chegar à cidade em meia hora. Mundo pequeno, onde sempre dava tempo.

Somos quatro irmãos, todos levamos o Maria no nome, eu sou Maria Eufrásia. Nome de minha madrinha. Nome danado que eu carrego galhardamente, tão boa ela era que o nome soava doce aos meus ouvidos. Maria Eduarda, a irmã mais velha, tem o nome de minha avó paterna. Mulher brava essa, que sabia atirar e atirava quando necessário, era conhecida por dona Eduarda. Meu irmão, o terceiro na hierarquia familiar, é José Maria, nome do meu avô paterno. Grande homem, e como homem pôde brilhar no palco do mundo; as mulheres, só no familiar. Vivíamos sob o signo da tradição, onde os pais eram cercados de respeito e admiração, as mães, em alguns casos, de adoração, caso da nossa avó materna, conhecida por Alicinha, de quem a irmã caçula recebeu o nome: Maria Alice.

E é ela, a irmã caçula, quem acaba de me ligar. O que foi que ela me disse? A gente se fala sempre, sem motivo, somos um pequeno núcleo fechado, onde alguém só penetra com nossa permissão. Protegemos uns aos outros, nunca estamos sós, nunca estamos completamente vulneráveis. Nossa aliança é de aço enobrecido pelo ouro. Agora, em tempos de coronavírus, ela se fortalece.

Onde estamos? Março de 2020, ano e mês que a história vai registrar e não olvidaremos jamais. Entrados já em abril, estamos em casa, portas fechadas, não saímos, isolados, trancafiados em prisão domiciliar. A palavra de ordem é *fique em casa*.

A indesejada que nos visita chegou de chofre, sem aviso, como é da natureza das pestes que dizimaram parte da humanidade. Não terá sido essa a primeira que atinge o mundo nem será a última. A peste negra, no séc. XIV, matou um terço da população da Europa. Florença, por razões que desconheço, foi duramente castigada, perdeu metade de sua população. Que terão feitos seus habitantes para padecerem tal flagelo? Duvidaram da potência de seu mais tenebroso inimigo ou viviam tão aglomerados, que não havia como se proteger no confinamento? Ou foram seus pecados que provocaram a ira divina?

Mas o que afinal, me disse Maria Alice:

— Preciso ficar em casa por pelo menos seis meses. Nós temos um carma, como você vive dizendo: temos de trabalhar, trabalhar, trabalhar sempre para alcançar todas as coisas que queremos. Um carma familiar. Mas, não, não é carma, é compulsão. Há anos venho vivendo no meu limite, tudo deve ser feito com perfeição: meu trabalho, minha casa, meus estudos, meus cuidados com os filhos, a família, os amigos, minha aparência, mas, por quê? Ninguém é perfeito. É uma espécie de loucura! Preciso readquirir minha liberdade, ter minha vida de volta.

E você, que me escuta, silenciosa, precisa também se isolar? Seis meses seriam bastante para você? Você também está cansado das exigências da vida moderna? De trabalhar? De se cuidar? De se relacionar? De ter um parceiro? De estudar? De fazer mestrado e doutorado? De ler tantos livros? De sair? De ter amigos? De ganhar mais dinheiro? De fazer crescer seu negócio, de dar mais conforto à família? Ou tudo que você precisa está dentro de sua casa?

Maria Eduarda tem um grande coração, na falta de nossos pais, ela nos coloca a todos debaixo de suas asas, perto dela ninguém morrerá a míngua, ninguém ficará desabrigado, nu ou com fome. Diante de qualquer um, parente ou amigo, que chegue a sua casa, logo na mesa aparecem pratos deliciosos, jarras de suco, manjar, pudim, bule de café, bolos, tudo feito em sua cozinha, por suas mãos pródigas. Sua bondade alcança a todos, irmãos, marido, filhos, netos, sobrinhos, cunhadas/os, vizinhos. Amigos. Ela é nossa guia e protetora, nosso norte.

O que eu me pergunto é se Maria Eduarda não está também cansada de trabalhar, trabalhar, trabalhar, olhar em movimento incessante a necessidade do outro? Quanto tempo ela precisa ficar em casa para pensar um pouco mais em si mesma?

Não foi essa a primeira peste que assola a humanidade nem será a última, creio eu, humildemente. A gripe espanhola matou mais que a hedionda mortandade causada pela primeira guerra mundial. Calcula-se que ela tenha matado de 30 milhões a 50 milhões de pessoas. Maior e mais terrível mortandade ocorreu nas Américas com a chegada dos colonizadores europeus. Os nativos, que nunca tinham sido expostos à virulência do sarampo, da varíola ou da gripe caíam como moscas ao primeiro contágio. Calcula-se que entre trinta e cinco e quarenta por cento dessa população tenha sido vítima do poder letal desses vírus em seus organismos virgens.

Há quanto tempo estamos em casa? Quinze dias? Vinte? O confinamento, em um primeiro momento, é sentido como um alívio para aqueles que vivem saturados pelo excesso de trabalho, de ir e vir, de fazer e acontecer, do incessante movimento social de se encontrar, de se ver, de se tocar, de sorrir, de pelejar para ganhar o pão nosso de cada dia. E agora, o pão vai ser um maná que cai do céu? Até quando? Até quando os idosos vão suportar a vida sem os filhos e os netos, sem o abraço dos amigos, sem o sorriso à volta, sem comemorar um aniversário, um batizado ou se reunir com a família para o almoço de domingo? E o chope como os amigos? Até quando suportaremos o isolamento social e fraterno? Como será o embate entre o vírus e a ciência?

Me diga, Maria Alice, você vai suportar seis meses vivendo a porta fechadas? A vida online vai te bastar? Ou ela também nos atropela? Como vamos suportar a peste que chega com sua foice tenebrosa ceifando vidas? Maria Eduarda fica aborrecida com o modo como enfrento a vida: você vive passarinhando, no mundo das ideias. Mas, como? Estou em casa cumprindo o confinamento. Estou cumprindo a prisão domiciliar e, se saio, é para acompanhar meu marido no hospital e nos exames. Enquanto a corpo humano e a ciência não forem capazes de derrotar a peste que nos visita, ficaremos em casa.

— Mas você está tranquila, não compreende o perigo que estamos correndo. Somos do grupo de risco. Idosos!

É preciso compreender as pessoas em suas circunstâncias, Maria Alice está em casa em recolhimento, foi em um momento de pânico que ela encontrou seu processo de cura. Ela é viúva, os dois filhos são solteiros, formados em direito, haviam resolvido antes, ao final do ano passado, estudar e se preparar para concursos. Ela tem por perto os filhos, não está sozinha, não podem ser separados porque moram juntos, compartilham o mesmo teto. Todos podem trabalhar em casa. Ela está, inclusive, descobrindo como usar a internet em seu trabalho, atendendo seus clientes on-line. Ontem, descobriu uma plataforma onde se pode reunir e falar com várias pessoas ao mesmo tempo.

Para Maria Eduarda as coisas não são tão fáceis nem tão simples. Ontem me deixou doida de preocupação, tive medo de ela ter um enfarto, não conseguia mais dormir, vinte e quatro horas sem dormir, com maus pensamentos que a atormentavam. — Leia! — Não consigo ler. — Veja um filme. — Bem que tentei, foi pior, fiquei maluca, foi a partir dele que o pânico tomou conta de mim. — Acabe o trabalho que você estava fazendo. — Você não está entendendo, não consigo fazer nada, só pensar em coisa ruim. Em ter ódio dos políticos. Novamente, é preciso compreender as pessoas em suas circunstâncias. O marido dela é idoso, tem setenta e tantos, diabético, não pode pegar o vírus, o filho e a mulher moram e trabalham em Nova York, na medida em que o vírus se alastra pela capital do mundo, a companhia, na qual ele trabalha, planeja tirar seus empregados de lá, virão de avião, quando? Quando ninguém sabe, chegando vão ficar em quarentena, em um lugar que a família desconhece, sem contato com ninguém. A filha é casada, tem três filhos, três netos que ela não pode ver, todos trancados em casa estudando ou trabalhando. Ela repete, irritada — você vive passarinhado, não compreende que não podemos pegar o coronavírus, somos do grupo de risco. Uma coisa é morrer de velhice ou de causa natural, outra morrer com essa peste, que, como diz você, nos visita.

E eu, que vivo passarinhando, como diz Maria Eduarda, que é da minha vida? A você que me ouve, silenciosa, posso contar o meu drama. Meu marido estava internado, com pneumonia, uma parte de seu pulmão esquerdo foi destruído pelo fumo, abandonou o vício, quando abandonou e faz alguns anos, era tarde. Tem setenta e quatro anos. A peste se alastrando e nós no hospital, o pior lugar do mundo para se estar nesse momento, é idoso, tem problemas de saúde que aumentam o fator de risco, no hospital entrava e saía gente de minuto em minuto, é bom nem pensar nisso, viemos para casa, mas temos de voltar ao hospital para bater outra chapa e a revisão médica, o enfermeiro vem em casa aplicar o antibiótico. Quando será nosso encontro fatal com o vírus? Alguma coisa em meu ouvido repete, nunca, nunca, nunca. Que posso fazer se tenho esperanças! Meu pai dizia, diante do perigo, coragem. Faço aquilo que papai nos ensinou.

É preciso compreender as pessoas em suas circunstâncias, minhas defesas contra o terror são ancestrais, vieram de meu pai, minha mãe, meus avós, vieram da minha avó, dona Alicinha, capaz de segurar o touro pelos chifres, sempre rindo, sempre lutando, sempre fazendo figa para a adversidade, capaz de dar a vida pela família. Em certo dia, que lá vão alguns bons anos, ela saiu, foi ao banco, passou pela casa da vizinha, que estava na janela apreciando o movimento da rua, cumprimentou, bom dia, dona Mariquita, a senhora melhorou? Claro, minha filha, estou de repouso como o médico mandou, não quero morrer. Eu também não quero morrer, respondeu minha avó, rindo, quem quer morrer!? Dali foi ao banco, acertar uma dívida. Quando chegou em casa, começou uma dor de cabeça forte, não conseguia respirar direito, minha tia lhe afrouxou a roupa, buscaram o médico correndo, mas quando ela chegou no hospital, estava morta. Derrame. Hoje se fala AVC.

As pessoas que sobre mim mais influência exerceram me vacinaram contra o terror, me ensinaram que o touro se pega a unha. Na verdade, nós todos lá em casa somos assim, mas em algum momento, com a peste e o confinamento, fomos surtando. E, de repente, me dei conta, eu também surtei, surtei quando estava no hospital, surtei quando entra o enfermeiro que vem todos os dias aplicar o antibiótico, surto quando vamos ao médico para a revisão, surto quando o levo para a radiografia de pulmão. É Maria Eduarda quem me faz ver que surtei. Ela me manda um vídeo em que a mulher tem as duas mãos queimadas até o cotovelo. Trata-se do uso indiscriminado do álcool gel 70, diz a enfermeira no áudio: “Em casa higienizamos as mãos com água e sabão, álcool gel só quando estamos na rua. A pessoa passa o álcool e vai para a cozinha, acende um fósforo, acende o fogão, muita gente está se queimando desse jeito”.

Então me dou conta, lavo a mão antes e depois de qualquer coisa que faça, de cinco em cinco minutos, de quinze em quinze minutos, de meia em meia hora. Nos intervalos passo álcool gel 70, em um processo de limpeza autofágico, tenho mania de lavar as mãos, e foi por ela que o surto me pegou. Eu também estou enlouquecendo.

E meu irmão, José Maria, ainda não consegui falar com ele, estava achando normal nos comunicando e dando notícias pelo ZAP, mas ontem tentei ligar várias vezes, não consegui, como ele está, ele pode administrar o negócio da varanda e do escritório da casa ou de carro, minha cunhada faz o trabalho on-line, ele está bem, por que não me atendeu, e os filhos? Os netos? Tem médico na família, mais de um, todos nós temos alguém na família que não pode pegar o vírus, que será de nós, Deus do céu, somos unidos por uma liga de aço e ouro, se alguém for atingido, ela não se rompe, mas dentro dela, vamos estremecer.

Acho que falei demais, desabafei, precisamos sair desse círculo de loucura, volto ao ditado que tantas vezes ouvi mamãe dizer: o tempo sempre tem tempo, sempre dá tempo, sempre sobre tempo. Ei, você que me ouve silenciosa, deixa que te conte, ontem quando falava com minha filha, ela me disse que estava fazendo máscaras, queria que eu também fizesse, começou a me explicar como fazer. Não vou conseguir, não tenho tempo, tenho de cuidar de tudo, do seu pai que está em recuperação, da casa, da comida, da roupa, da limpeza e do trabalho que eu também faço on-line, não tenho elástico, não tenho tempo. Ela, para meu espanto, diz, relaxa mãe, consegue sim, sempre dá tempo. Foi essa a expressão que ela usou, falou como a avó, que coisa, hein! Afinal em que tempo estamos vivendo?

Qual é o tempo que vigora, o de minha mãe, reafirmado por minha filha, ou o da velocidade aclamada e proclamada no mundo virtual, onde tudo acontece ao mesmo tempo em todos os recantos da terra? Qual realidade prevalece no mundo em que vivemos, a do mundo real, onde as coisas realmente acontecem: as comidas são colocadas na mesa, as roupas suadas que tiramos do corpo ou da cama são trocadas por roupas limpas, onde a louça é lavada e a casa limpa e as crianças são alimentadas e dormem o sono tranquilo sob a proteção dos pais. Ou a realidade virtual, onde colocamos todos os dias, nas redes sociais, belas ou grotescas imagens, onde todos oferecem cursos, aulas, filmes que exibem um mundo prestes a se esfacelar e acabar, sugestões de livros, shows, discussões políticas, radicalismos, ódios, onde os chefes ensinam a cozinhar, o trivial e o sofisticado, as professoras monitoram o ensino, os especialistas mostram como organizar a rotina das crianças presas em casa, para mães que enlouquecem de tanto trabalhar e vigiar que os adolescentes não passem vinte e quatro horas em jogos on-line onde se mata e se morre, o mundo do 5G, da eficiência, que rouba qualquer momento de ócio e de solidão, que tudo exige, cobra, invade, consome, inclusive, a própria alma que nos habita.

Supernova

Felipe Cruz

A razão que a senhora me deu para justificar a urgência de eu me mudar para a casa da vovó nesse período de quarentena foi indiscutível: “Ela enlouqueceu”; “E como a senhora sabe?”; “Os vizinhos a veem bordando no escuro”.

Eu nunca vou conseguir pensar como a vovó pensa, mãe. Mas eu acho que entenderam algo errado. Não é que ela esteja louca: é que ela está morta.

* * *

Era isto que eu estava escrevendo para apresentar como o meu conto, a minha contribuição para essa coletânea de histórias sobre o nosso tempo (nós, que sempre vivemos outros tempos a vida toda, anos de muitos tempos consecutivamente percebidos, sentidos, lamentados, mas que agora somos forçados a pensar estes dias como o *nosso tempo*, aquele sobre o qual falaremos com propriedade e espanto para os que não saberão desse tempo a não ser pelas nossas narrações sadicamente saudosas do terror que nos fez sentir parte de um acontecimento coletivo que nos redefiniria, na melhor das hipóteses), desse tempo especialmente estéril e condensado em termos como home office, malhando em casa, respirador mecânico, live no instagram, cova aberta, negociação com o patrão, máscaras, luvas, redução salarial, distanciamento social, nas últimas 24 horas. O meu plano era escrever sobre um neto e uma avó que são obrigados a conviver durante a quarentena, o que acentuaria suas questões pessoais inconciliáveis, mas era um plano improvisado porque, na realidade, não havia acontecimento... ou melhor, não havia conflito para além daquilo que eu pretendia deixar no extracampo do foco narrativo: o vírus, a infecção comunitária, as TVs nunca desligadas, os postos de saúde ironicamente lotados. Eu ia deixar de fora aquilo que foi indicado como o tema provocador da organização desta coletânea em nome de alguma vaga noção de literatura como uma entidade que foge às circunstâncias mais imediatas e se eterniza no encontro de uma imagem que perdure e que, para obter esse efeito, deve ser atemporal. O meu plano era este e me parecia pouquíssimo, mas o prazo está acabando, a cada minuto tenho menos tempo, e resolvi que seria melhor entregar *algo* do que apenas balbuciar desculpas em torno de um conceito muito mal desenvolvido. Mas o tema varou a porta de casa (pela maçaneta? Por uma tosse? Ou um celular em cuja tela se lia sobre precauções necessárias mas não se enxergava o minúsculo inimigo?), cravou os dentes no meu primo, o Júnior, apesar de nem mesmo disso termos certeza por enquanto, e as formas vagas com as quais eu me debatia para escrever uma história atemporal foram expulsas da minha consciência para dar espaço a protocolos do ministério da saúde e números de telefones de emergência.

O Júnior sempre gostou de bater perna, eu sei bem disso porque nós éramos muito amigos quando crianças e ele me arrastava para todos os cantos do Jurunas simplesmente porque queria ver como era a rua onde a mamãe tinha comprado cominho naquele dia e não suportava fazer nada sozinho. E eu ia arrastado, porém contente que ele quisesse me arrastar consigo, feliz dele fazer questão de mim, mesmo que isto significasse contrariar meu desejo — porque ele podia escolher entre qualquer um dos meninos da rua, que sabiam fazer uma pipa com um sacola de plástico de supermercado, pulavam muros de um salto só, jogavam bola e corriam mais rápido que os ônibus ruidosos da nossa rua — mas ele preferia que eu fosse. Eu tinha certeza de entender porque o Júnior me preferia: eu gostava de músicas em inglês e era meio calado. E não me magoava que fosse por esses motivos, ou mesmo que houvesse motivos muito claros para explicar nossa amizade — ninguém nunca tinha me tratado bem por eu falar pouco e eu não me lembrava de nenhum menino prestar tanta atenção em mim a ponto de dizer que o meu gosto para música era esquisito. E se o Júnior me queria perto por essas razões era porque ele sabia quem eu era e isso significava que ele pensava em mim. Ainda que fosse porque comigo ele podia esbanjar a lábia que, ele aprendeu desde cedo, era o seu principal charme ou porque eu ajudava a ler algumas palavras mais complicadas pichadas nos muros ou escritas nas placas das pequenas vendas da vizinhança, afinal eu era o intelectual da dupla.

Nossas mães se tranquilizaram quando perceberam que nós dois fazíamos companhia um pro outro — desde que tinham voltado pra cá pra casa da vovó, eu e Júnior sermos amigos tinha sido uma das poucas coisas que tinham dado certo depois que o meu pai e o marido da tia Socorro tinham sumido. Não que eles tenham sumido juntos, pelo menos não até onde eu sei. Mas também eu não sei muito, do pai do Júnior, por exemplo, eu só sei que sumiu bem antes do meu, bem antes do Júnior ter tempo de entender que ele havia estado lá. E a casa da vovó, no final das contas, era até mais familiar pra mim do que a casa que eu morei com a mamãe e o papai porque era aqui que eu passava o dia enquanto eles dois trabalhavam lá no shopping, assistindo clipes a tarde inteira na televisão do quarto da vovó, e quando eu tinha certeza que ela estava bem ocupada conversando com uma vizinha ou jogando no bicho na rua de baixo, eu ensaiava algumas coreografias dos clipes mais animados, colocando nos meus dedos os anéis que a vovó guardava num potinho de porcelana que tinha na penteadeira — isso quando acontecia o milagre de passar um clipe com coreografia ao mesmo tempo em que a vovó estava ocupada, o que era raro. O pior era passarem os clipes, às vezes os meus favoritos em sequência, e eu precisar fingir que não estava prestando atenção porque a vovó ficava entrando e saindo do quarto de maneira completamente imprevisível e aí eu não tinha coragem nem de cantar junto: eu já sabia que era estranho pros outros.

Foi por isso que eu fiquei agoniado quando a mamãe disse, depois de termos nos mudado pra cá, que a tia Socorro ia morar aqui e ia trazer o Júnior com ela. Só tinha uma televisão e com certeza ele também ia querer assistir e com certeza ele não ia gostar das músicas em inglês com coreografia e com certeza se ele me pegasse dançando ou cantando ia ser a mesma risada, as mesmas perguntas, a mesma constatação de sempre. Eu nunca mais ia assistir televisão e nem dançar. Muito menos experimentar os anéis da vovó. Mas acabou que eu só estava certo sobre a primeira coisa, o Júnior também queria ver televisão, mas acho que como na casa dele era a mãe dele quem mandava no controle remoto, ele não sabia direito o que estava passando e aceitava qualquer sugestão que eu fizesse, além disso, ele não ligava muito porque quase sempre ele estava desenhando, ou contando uma história, ou estalando os dedos ao mesmo tempo em que assistia TV. Então eu fui testando. Primeiro só colocar no canal em que passavam os clipes. Depois aumentar um pouquinho o volume nas músicas que eu gostava mais. E aí cantar baixinho. E aí cantar no volume que eu falava. E aí mexer as mãos. E aí dizer "Olha como são brilhantes os anéis da vovó!" E aí, num dia planejado em detalhes porque era preciso que a vovó estivesse ocupada, que eu colocasse os meus anéis preferidos antes que começassem a passar os clipes certos e que ele estivesse concentrado apenas na televisão, perguntar "Quer ver como eu sei fazer igual cantora?", ao que ele respondeu "Duvido" e eu explodi de alegria, jorrando luz para todos os lados enquanto dançava, solto. Eu lembro, ele aplaudiu, sorrindo.

Nós dois dormíamos com a vovó na cama dela, um em cada ponta, a mamãe e a tia Socorro dormiam cada uma numa rede, lá na sala. Ninguém nunca estava sozinho, só quando ia no banheiro e ainda assim dava pra ouvir tudo que acontecia lá dentro. Ninguém nunca chorava em paz. Eu acho que a mamãe saía de casa pra poder chorar, porque não é possível: eu nunca vi essa mulher chorando quando eu era criança. E, de vez em quando, ela saía pra comprar alguma coisa que já tinha, num horário completamente estranho. Chorar na rua não era o mesmo que chorar em paz, mas pelo menos as pessoas, geralmente, ficam com vergonha de perguntar o que aconteceu. A tia Socorro chorava onde ela estivesse, isso nunca foi problema pra ela, e o Júnior dizia que ele não sabia chorar. Eu chorava no banheiro, com o chuveiro ligado. Aprendi com a vovó.

E ontem, no hospital, nos diziam para ficarmos isolados porque passamos tempo demais perto do Júnior e devemos estar doentes também. "Mas não sabem nem o que ele tem", a mamãe argumentou. Eu fiz com a cabeça aquele sinal de "Deixa pra lá" que algumas pessoas precisam aprender a fazer umas para as outras desde sempre. "Ninguém tá ouvindo", "É melhor irmos embora", "Não vai mudar agora", "É assim mesmo", todas essas palavras cabem nesse balançar de cabeça. Faz anos que vivemos abandonados juntos.

Foi num dia que não consegui esperar chegar em casa para começar a chorar que eu e o Júnior nos tornamos estranhos um pro outro. No começo daquela manhã, enquanto a gente se arrumava pra ir pra aula, eu estava tão feliz e tranquilo, porque no dia anterior tinha passado na televisão quatro clipes que eu adorava, um atrás do outro, e eu dancei e cantei sem errar nenhuma palavra ou gesto, que senti a inédita autoconfiança de pegar um dos anéis da vovó para levar pra escola. Eu nem ia mostrar pra ninguém, só queria colocar minha mão dentro da mochila algumas vezes durante a aula e brincar de colocar o anel no meu dedo em público, mas sem que ninguém visse. Até hoje eu não sei o que aconteceu, mas esse anel sumiu. Na hora da saída, guardando o caderno, percebi que não estava mais lá. Talvez tenha caído numa das vezes que coloquei minha mão na mochila, talvez tenha caído e alguém pegou, é só eu perguntar pra professora, foi isso que eu pensei. Mas como perguntar pra professora? Como explicar? E os outros meninos me ouvindo dizer que eu andava com um anel de mulher na mochila? O que eles iam dizer? Eu não podia fazer nada, por isso precisava pelo menos conseguir chegar em casa pra chorar. Não consegui. Conforme eu e o Júnior nos aproximávamos, eu ficava com mais medo do que ia acontecer, do que eu ia ter que dizer, confessar, me desculpar. Porque não era possível que eu dissesse apenas que o anel havia sumido, ia ser preciso que eu dissesse que tinha levado pra aula, e que eu tinha levado pra a aula porque eu queria ter essa coisa bonita comigo que fazia eu me sentir bonito, e que eu tinha pensado nisso porque na sala eu não tinha nenhum amigo, o Júnior estava uma série adiante da minha, e com o anel na minha mochila ficava mais fácil saber que logo eu ia pra casa assistir televisão sem sentir vergonha. Entalado com isso, entupido de palavras afiadas, as lágrimas foram escorrendo. O Júnior parou de andar. "O que foi, primo?", "Eu perdi o anel da vó", "Hoje?", "Foi, sim", "Na escola?", balancei a cabeça. Ele também deve ter levado em consideração as mesmas coisas que eu porque, como eu disse, eu sei que ele pensava em mim. "E qual era o anel, primo?", "Era o roxinho...", meu rosto já salgado, eu via só uns borrões úmidos, tão espremidos estavam meus olhos. "Poxa, logo o anel que ficava mais bonito em ti...", eu explodi de novo, fui jorrando luz mais uma vez, para todos os lados e, muito solto, flutuando para a amplidão do mundo que eu desejava, tive que abraçar o Júnior forte, forte, e beijar ele, meio no pescoço, meio na orelha, e eu ainda estava explodindo e renascendo e expandindo quando ele me empurrou longe, me olhou dentro, como nunca tinha olhado tão dentro de nada, como se até aquele instante ele sequer soubesse que existia o dentro das coisas, e caminhou pesado, reto, sozinho e calado para casa. Eu aceitei imediatamente que nunca mais estaríamos juntos.

Nunca me perguntaram do anel. Júnior nunca mais falou, realmente, comigo. Minha mãe e titia faziam cara de "até que durou muito" e vovó era incapaz de falar sobre desavenças. Crescemos amuados um com o outro, dividindo friamente biscoitos, espaço na cama, tempo assistindo TV. Tudo foi separado. E, depois de crescer, esquecemos um do outro. Quando eu terminei a escola, ele já trabalhava de mototáxi (amava a moto como se ela fosse a própria estrada) e dormia num colchonete na cozinha. Minha tia passou a dormir no quarto da vovó e eu me senti obrigado a dormir na sala com a mamãe, que não suportava dormir sem ser na rede, tão inflamadas suas costas ficavam das horas em pé na loja do shopping. Se eu deitasse com a minha cabeça para o lado esquerdo da rede, conseguia ver os pés do Júnior, que ele nunca cobria com o lençol. Mas eu quase nunca dormia assim e, quando acontecia de eu preferir essa posição, me distraía no celular até começar a pegar no sono e nem olhava pro lado. Agora, que me obrigo a pensar sobre isso, não consigo lembrar da última vez que nos tocamos, mas deve ter sido no último natal que a vovó insistiu em fazer um amigo invisível entre nós. Ele me deu uma camisa polo horrível que eu não me lembro de ter usado alguma vez. Me abraçou para tirarmos uma foto, um toque ressabiado, contrariado. "Você sabia que fisicamente é impossível encostar em algo ou alguém?", eu li na manchete de uma reportagem que explicava como, ao termos a sensação de estarmos tocando em algo ou alguém, o que está acontecendo, na verdade, é uma repulsão elétrica, provocada pelo imenso vazio que envolve todos os átomos de que são feitas todas as coisas. "Foda-se se ele não quer pegar em mim", eu pensei quando li essa matéria, "Ninguém nunca toca em ninguém, pelo jeito".

Quando a quarentena foi anunciada, todos nós sabíamos que ninguém ia convencer o Júnior a parar de trabalhar – ele não ia deixar de ganhar dinheiro e, principalmente, de andar de moto. Minha mãe também continuou a trabalhar no shopping no começo da quarentena, o que dificultava dizer pro Júnior que ele precisava ficar em casa, "Mas e a titia, vovó?! Também tá trabalhando!", "Mas ela não manda em nada! Tu podes sossegar, Júnior!", "Ah tá bom, quem paga a moto?!" O que a gente ia dizer? Eu estava com as aulas da universidade suspensas, só fazia varrer a casa e olhar o celular, minha tia assava um ou outro bolinho pra fora e vovó estava conformada, só ia sair de casa pra receber a aposentadoria. Mesmo depois que o shopping fechou, o Júnior insistiu. "Ninguém sabe se a titia recebe mês que vem! E quem vai continuar a comprar bolo nesses tempos?!". Eu só falei sobre isso com ele uma vez. "Com que dinheiro a gente vai enterrar se alguém morrer?". Estávamos todos jantando, ele tinha acabado de anunciar que ia participar de uma marcha a favor do fim da quarentena, me olhou sentindo ódio de ser pobre e saber que era verdade o que eu dizia. "Vou pra casa da Lorena!", "Tu sabes se eles te querem pra lá?! Tu não é nem noivo da menina!", tia Socorro cuspiu cada palavra, impaciente. "Chega disso, Júnior! Tá bom, já!". Elas três assumiam esse mesmo tom, quando precisava. Um tom que nos dizia "já fizeste teu show, já entendemos que tu és rebelde e ninguém manda em ti, agora come". Júnior comeu, se levantou e foi sentir raiva no banheiro, todo mundo ouviu.

Nós, os seres humanos, somos umas estradas imprevisíveis e desabaladas. Às vezes parece impossível uma pessoa morta. A vida toda parece que qualquer coisa pode acontecer e aí nada acontece mais. O Júnior morto foi uma imagem impossível. E também ninguém viu. Depois que ele foi pra UTI ninguém podia ver nenhum pedaço do Júnior porque era um corpo envenenado, ainda que o resultado do exame não tenha chegado nunca. O corpo do Júnior para sempre envenenado. Ele me pediu para ir com ele na UBS a primeira vez. É que eu fiquei muito puto quando ele respondeu, em tom de brincadeira, à preocupação da vovó com a febre e a falta de ar que ele sentia há dias dizendo que, se ele pegasse o vírus, ia curar com cerveja. "E a tua mãe e a vovó, vão se curar como?". Por que é sempre pior quando eu falo? Mamãe mandou eu calar a boca, vovó começou a lagrimar. Porque é sempre pior quando alguém fala. Na manhã seguinte ele me acordou cedo, só a vovó já andava pela casa. "É melhor nenhuma delas ir...",

"Sim, é melhor..." Saímos assim que tomamos café. Eu fui na frente, ele, mofino e calado, acompanhava um pouco atrasado. Ele continuava maior que eu, eu conseguia ver pelas sombras. "A gente vai andando, é menos perigoso", "Se tu aprendesses a andar de moto...", "Nem que eu soubesse, eu não ia colocar esse teu capacete só corona". Rimos. Meu Deus, quanto tempo fazia? Como esquecemos uns dos outros assim? O que ocupa os espaços desses abandonos? Que distrações perversas nos adormecem dessa maneira? Aquela risada tímida me deixou apavorado com o tempo. Há quanto tempo? Na UBS não podiam fazer nada, nem exames, nem medicação. Ele ainda precisava piorar muito para ir a um hospital; o que aconteceu rápido. No dia seguinte a febre aumentou, eu vi Júnior começar a ficar vermelho enquanto conseguia respirar cada vez menos. Tia Socorro soluçava, mamãe ligava pra ambulância, vovó com a mão na testa dele dizia para si mesma "Ele é forte, ele é forte, ele é forte". Nem sei se a mamãe conseguiu ligar pro SAMU, eu acabei chamando um vizinho que rodava de 99 e fui pro hospital com o Júnior. Dentro do carro, eu queria dar ar pra ele, abrir alguma janela, alguma porta, explodir o teto que parecia estar desabando sobre ele, demolir a represa que ele teve a vida toda na frente dos olhos, mas tudo ia se fechando. Da entrada do hospital gritei que ele estava morrendo e essa foi a última vez que o vi. Eu não devia ter dito isso. Não eram essas as últimas palavras que eu deveria ter dito sobre a primeira pessoa que aplaudiu a minha alegria. Mas ele estava morrendo. E eu queria que ele vivesse, então a melhor chance que nós tínhamos era essa. "Ele está morrendo, mas ele não pode morrer", era isso, sabe? Ninguém pode morrer e todo mundo vai morrer, que inferno. Ele não morreu nesse mesmo dia. Ficou entubado por um pouco mais de 24 horas. Lá em casa, ninguém dormiu.

Ninguém saiu para espairecer. Nada era possível. Ficamos na frente da televisão, esperando. A televisão ligada para sempre no mesmo canal, contando os corpos, os cortes, as covas. "Eu nunca mais vou dançar", ninguém ouviu eu sussurrar. Vovó mexia no potinho de porcelana, onde ainda estavam os anéis, "Socorro, lembra quando dei falta de um anel e o Júnior me disse todo sem jeito que ele tinha perdido brincando. Tadinho, ele me pediu tanta desculpa, tão bonzinho..." Nós nunca tocamos em nada nem em ninguém.

"Não pode ter velório de jeito nenhum", a enfermeira já estava falando pela terceira vez. "Eu sei que é ruim. É ruim, é... mas a senhora ainda vai saber onde tá o corpo do seu filho, tem país por aí que já nem tem onde botar, joga tudo na vala." Essa foi a única frase que deu algum alento pra tia Socorro – ela ia saber onde Júnior estava, mesmo não podendo mais estar com ele. "E o enterro tem que durar 10 minutos, no máximo", "Mas e o terço?!", era vovó, num fio de voz devastada, que perguntava, "Só quando tudo isso passar, senhora... não é fácil, nunca é fácil... eu tô rezando por todos que morrem, vou rezar pelo seu neto, eu vou... um dia a gente vai poder ir no cemitério, vai dar pra rezar o terço de novo..." A mamãe foi a última a insistir, "Mas nem dá pra ter certeza que era isso...", "Também não dá pra ter certeza que não era, senhora". No cemitério, éramos nós, um coveiro engolido por um macacão de plástico e o sol que fazia brilhar, estonteante, o caixão lacrado. "Diz alguma coisa pro teu primo, meu filho", eu não sei dizer quem me pediu. "A gente já caminhou juntos". Eu também não sei se alguém ouviu, eu não sei nem se eu realmente disse porque tudo o que eu ouvia era o som das pás raspando a terra e a tia Socorro gritando "O que eu tenho?! O que eu tenho?! O que eu tenho, meu Deus?!".

Nos disseram para ficar em casa durante 14 dias. É verão. Aqui sempre é verão. As paredes estão quentes. Vamos vender a moto do Júnior. Mamãe ia lavar todas as roupas dele, mas não conseguiu. Tive que trazer ela da área de serviço quase carregada, depois que ouvi os soluços fundos dela. As roupas estão lá, emboladas no tanque. É impossível uma pessoa morrer porque sempre ficam os vivos. "Desinfetem a casa, ele pode ter contaminado tudo o que ele tocou", mas a gente não toca em nada nem em ninguém nunca, é uma repulsão elétrica que acontece, é verdade, eu li, está comprovado pela física e é melhor que seja assim porque quando duas coisas se tocam, quando dois núcleos se encontram, vencendo a repulsão, acontece a fusão nuclear, que permite que as estrelas brilhem e jorrem sua energia através do universo — como se estivessem profundamente alegres, como se estivessem profundamente alegres e abraçassem e beijassem a primeira pessoa que amou a sua alegria.

As mortes de Antônio Valle

Marcelo Godoy

João Antônio do Valle ouviu o som do morteiro explodindo ao lado do quartel e teve pena dos padres e dos seminaristas aprisionados no velho prédio amarelo. O caminho lhes fora cortado pelas bombas dos mineiros. As janelas do palacete tremeram assim como suas pernas. Fechou a cortina para que fosse possível se destacar do mundo. A cabeleira castanha e densa era um emaranhado impenetrável como suas ideias e sentimentos. "Estão avançando." A traição da Força Pública o pôs de joelhos. Não havia o que fazer. E a sede da 4ª Companhia do 8º Batalhão de Polícia, que ocupava um enorme prédio construído quarenta anos antes, símbolo do poder das quatro famílias de Fontes Claras, seria entregue ou destruído. João Antônio desabotoou o casaco e esperou sentado o tiro que lhe dariam no peito. Lembrou dos heróis napoleônicos, das mortes gloriosas dos espartanos e tinha certeza de que, no momento em que o avistassem, comandaria aos mineiros: "Soldados, fogo!" Lembrou que, antes, devia dizer: "Sou paulista e permanecerei paulista". Mas duas explosões distantes interromperam seus planos de morte. A primeira parecia ter vindo dos lados do cemitério da Saudade e a segunda devia ter se juntado ao morteiro que choveu pouco antes em cima da praça forte da cidade. "Pobres coitados, traídos pelos chefes." Espocavam barulhos esparsos de armas de fogo aqui e ali. De repente, um novo estalar de um canhão o assustou. Era preciso ter nervos em posição de sentido para aguardar o fim com dignidade. Jamais teria se lançado à estrada em fuga como fizera Inácio Negreiros de Albuquerque, um dos trânsfugas que defendiam a paz. Não se submeteria ao vexame de entregar as armas com munição. O avô lhe ensinara caçar, de patos a negros, e a dominar a erosão dos campos e o curso dos ribeirões de águas diáfanas daquela cidade. Cercara os pastos e plantara café antes de a ferrovia chegar. Erguera os postes do telégrafo, iluminara as ruas e botara os colonos para trabalhar nas lavouras, depois de trazer aquela gente toda do outro lado do mundo para erguer uma grande cidade: a sua cidade. Não se dobraria à fuzilaria e à pólvora inimiga. Levantou-se. Avistou pela grande janela da sala de estar um homem a passar com o chapéu de palha na mão. Não parecia atrás de refúgio. Concluiu que era um bravo, que ainda havia entre sua gente quem estivesse disposto a seguir seu exemplo. Forte e altivo, o conterrâneo lhe dava esperança. Era a única alma que vira passar por ali naquela manhã. Nenhuma mulher ou criança. Tampouco havia sinal de soldados nos arredores de sua casa. Decerto, preparavam uma incursão infernal e, disciplinadamente, aguardavam as ordens do Estado-Maior para tomar o último bastião da luta paulista: a casa de sua família.

Depois de uma hora e pouco mais do que cinco disparos, João Antônio se levantou. A família tinha um passado militar. Seu avô — José Inácio do Valle —, integrante do Partido Conservador, recebera do Império a patente de major da Guarda Nacional pouco antes da Guerra do Paraguai. O suor o fez arregaçar as mangas e procurar um lenço. A sala estava arrumada e silenciosa à espera do momento solene de sua morte. Caminhou até a escrivaninha onde mantinha os papéis mais urgentes de suas fazendas e apanhou o revólver Smith & Wesson calibre .38 Special, modelo 1905. Abriu o tambor e carregou a arma. Talvez, fosse necessário dispará-la para instigar o espírito guerreiro nos assaltantes. Apanhou uma caixa de munição e voltou com o revólver na mão direita até a poltrona. Antes, olhou mais uma vez pela janela. Uma lavadeira carregava na cabeça uma trouxa de roupas brancas em direção ao Ribeirão Prates. Levava atada nas costas o filho pequeno e cantava. "Boi, boi, boi; boi da cara preta, pegue essa criança que tem medo de careta." O incômodo silêncio se transformara na pior arma do inimigo. Sentou antes de a lavadeira desaparecer ao dobrar a esquina do grupo escolar. O sol invadiu aos poucos o assoalho do antigo sobrado e abafou o ardor de combate do neto do major Valle. João Antônio adormeceu como o último desejo de um condenado. Que a sua execução fosse rútila como a tarde que se iniciara e inesquecível como as grandes obras e ideais pelos quais decidira imolar-se em um sacrifício cívico. O calor o envolveu e, no fragor do entrechoque de armas, surgiu na sala o som de um novo rojão furioso: seu ronco. Eis que o revólver escorregou de seus dedos e foi ao chão, disparando a última bala daquela refrega. "Seu Joca, o que houve?", entrou espantado Severino de Almeida, o criado que acompanhava o patrão desde a infância. "Seu Joca!" Eram cinco horas. Havia mais de duas que não se ouvia nenhum estalar de bombas ou rumor de canhão. Nem mesmo um mísero tiro cruzara as ruas de Fontes Claras. O patrão acordou e olhou para a sala e viu que até a cristaleira estava preservada. Nem um copo se quebrara. Nenhum sinal de saque ou de batalha. "Onde estão todos, Severino?" E soube que a tropa do governo não se havia demorado na cidade. Embarcara no trem e rumara em direção à Campinas. Ficaram ali um subtenente e outros três praças. De modo que a ordem pública estava garantida. João Antônio fechou o casaco e recompôs as mangas de sua camisa. Apanhou o revólver, abriu o tambor e retirou os cartuchos. A sua morte heroica havia sido adiada.

A batalha de Fontes Claras entrou para as páginas da história da família Valle. Era o dia em que o velho patriarca enfrentara de peito aberto as tropas do governo envolto na bandeira das treze listras. Uns dizem que se preparou para o combate lendo o poema de Guilherme de Almeida. "Bandeira da minha terra/ bandeira das treze listas,/ são treze lanças de guerra/ cercando o chão dos paulistas." Na escola da cidade, as crianças eram reunidas no pátio ano após ano no dia 9 de Julho para ouvir o maior de todos os combatentes da Revolução Constitucionalista recitar a inesquecível poesia. Havia, no entanto, um problema: o diretor do grupo nos anos 1970 e mestre da cerimônia, o senhor Domingos da Costa Xavier, tinha a língua presa, o que dava um tom informal à festa cívica. Joca, que se tornara o doutor Valle, levantava-se e dizia às crianças, como um Tiradentes redivivo, que, se dez vidas tivesse, dez vidas daria para "combater a ditadura do senhor Vargas". Dona Lourdes, assistente do professor Xavier, tomava então seu lugar na comemoração e acenava para os alunos: era o momento dos aplausos. Tratava-se de uma tarefa fácil para quem tinha de tomar conta de quarenta meninos e meninas em uma classe de alfabetização na qual nem todos tinham uniformes. "Crianças, crianças, vamos fazer a fila para voltar à classe!" E lá ia o neto do doutor Valle, o novo Joca da família, entre os amigos com o peito inflado, as mãos nas costas a rumar em direção à sala de aula. "Vovó foi um herói".

Todo ano a mesma cerimônia, a mesma bandeira puída sobre o mesmo mastro e o pátio repleto de meninos e meninas. O neto do doutor Valle conhecia bem demais todas as histórias de heroísmo do avô. "Ele é o último sobrevivente de tudo!" Ao deixar a celebração, o doutor seguiu para casa, a mesma em que vivia desde a primeira vez que enfrentara a morte. Pegou a bengala para dar seus passos imortais e lembrou da marcha "Paris-Belfort". A banda não mais a tocava, nem o rádio, mas uma vitrola rodava ainda o disco de 75 rotações: o prefeito era do MDB e fazia questão da música para mostrar qual partido político mandava na cidade. Mas os alunos pouco sabiam do passado da escola e do município. Uma interminável fila de tragédias misteriosas havia levado embora todos os moradores de Fontes Claras, menos a família Valle. Não sobrara ali um nome que fosse que merecesse batizar rua ou monumento. E era, por isso, que todas elas tinham números. Nenhuma memória existia de seus antigos habitantes, só as histórias que o pequeno Joca, o neto do doutor, ouvia do velho. De modo que as crianças podiam trocar figurinhas, brincar de polícia e ladrão e jogar bola, quando bola havia na escola, que não havia o peso da tradição e do desconforto que faz o professor ligar o desempenho do aluno ao caráter do pai. Ninguém dizia no grupo escolar: "Este aluno é inteligente como a mãe" ou ainda que aquele outro "tem o temperamento ruim do tio". Tudo se havia perdido. Ou nada havia existido.

O doutor Valle saía com sua antiga matraca, a mais potente da frente de batalha da Alta Mogiana, e ia acionando a velha companheira no caminho de sua casa. E todos ouviam o som daquela metralhadora engenhosa, admirando as glórias do homem. "Sempre estive preparado para minha morte", dizia o velho doutor para dona Lourdes. E completava: "Só não estive para a vida." E a vida em Fontes Claras não era como nas outras cidades pequenas que dividiam a riqueza do café. Não. Desde os tempos do major Inácio do Valle ali havia luz elétrica e o trem parava todo dia às 15h30 na estação construída dentro da fazenda Boa Vista, onde sua família reunia os grãos secos das plantações de suas propriedades e recebia os colonos vindos da hospedaria dos imigrantes, em São Paulo. Os alemães trouxeram a Igreja Luterana, a escola alemã e o clube de ginástica para a pequena comunidade, quase toda saída do antigo Ducado de Württenberg, ao lado da fronteira com a Suíça. Era naquele clube que *i tedeschi* — como os italianos da cidade chamavam aquela gente — faziam suas festas e comemorações. Uma gente trabalhadora, como se dizia então.

Sua história se confundia com a de um homem grande, forte e sisudo. Era o pastor Drysbach, que chegara da Alemanha pouco depois de a comunidade se instalar na cidade. As vestes escuras e monótonas logo adquiriram aquele tom avermelhado da poeira carregada pelo ar seco de agosto. Drysbach queria cuidar das almas dos alemães e dos suíços da região, mas quase desistiu de tudo, da igreja evangélica, a *Deutsche Evangelische Kirche*, porque não conseguia sustentar a família, tendo de percorrer cada colônia para dar a assistência religiosa ao seu povo. E não queria escolher a quem cuidar e a quem abandonar. Quis voltar à Alemanha e escreveu uma carta em busca de ajuda. E ele a obteve. Preparava suas malas para apanhar o trem na cidade quando o major Valle mandou chamá-lo na sede da fazenda Morro Grande, outra de suas propriedades. O velho dono das terras que iam desde o Ribeirão Prates até a Serra de Cafelândia estava enfrentando a resistência de "seus 90 alemães", gente para quem ele pagou a passagem de navio e dava hospedagem em suas propriedades mediante uma parceria. O diabo é que os aliciadores de mão de obra mandaram para suas terras um pessoal acostumado à vida na cidade: eram vidraceiros, tanoeiros, alfaiates e carpinteiros que não sabiam pegar nem mesmo uma enxada e muito menos colher os grãos e cuidar de seus pés de café. "Boa tarde, pastor. O senhor é quem cuida dessa gente que fala alemão, não é?" Drysbach ainda tinha muita dificuldade com o português, principalmente, o da gente humilde e pobre da região. Mas entendia perfeitamente a língua dos senhores. "Ja, senor Valle." "Mandei chamar o pastor porque não entendo nem a língua da sua gente nem a sua gente entende a minha. De modo que as coisas não estão indo muito bem aqui nas minhas terras. Veja o senhor, eu paguei tudo o que era preciso, mandei buscar esses braços lá na Europa e eles agora não querem me pagar. O senhor acha que isso é justo, pastor? Pois na minha língua isso não é. Se eu comprei o trabalho de cada braço, cada braço vai ter de me pagar antes de partir desse lugar. E aí é que entra o senhor. Preciso que o pastor convença sua gente de que a Justiça de Deus está do meu lado. Eu lhe dou casa e comida e ainda dinheiro para a sua igreja." Drysbach ouviu cada palavra do homem que lhe prometia ajuda para salvar uma centena de almas.

Resolveu estar com seu povo, mas, a imensidão das terras do major Valle escondia outros desafios, além daqueles do espírito. E foi assim que a febre amarela levou o pastor ao seu Criador. E tudo aconteceu menos de um mês após Drysbach apertar a mão forte e dura do maior fazendeiro da região. Depois do pastor, foram os colonos. Um a um a doença dizimou os alemães do major Valle. A ravina alimentada pela ventania forte daqueles meses era sacudida violentamente pelas tempestades de outubro. O solo se juncava de flores das mais diversas, compondo um cenário lúgubre, visto que não muito distante dali eram enterrados os protestantes. Não lhes davam sepultura no cemitério católico de Fontes Claras e, dada a pobreza das vítimas da febre, seus corpos eram inumados perto da floresta silenciosa que se erguia a partir do pé da última vértebra deixada na terra pela erosão. O ribeirão passava no fundo da paisagem, perto das roças pequenas que os caboclos enrijecidos pelo clima e pela selvageria cotidiana mantinham nas terras lindeiras às do major. À noite, tiritava-se depois de uns poucos minutos de exposição ao sereno e à friagem, enquanto, à tarde, o sol abrasava para lembrar aos homens o peso do trabalho. E, de um salto, o corpo sadio do imigrante era envolvido por calafrios e um cansaço que não lhe dava repouso. A febre consumia o pobre diabo durante três dias e nada mais parecia parar em seu estômago. E, então, a doença parecia ceder. E os infelizes tinham a ilusão da cura, mas era tudo maldade, truque, chiste ou brincadeira para dar esperança ao desgraçado. O mal ressurgia depois de um ou dois dias. E sangrava sua vítima, e martelava o fígado e o rim, deixando o doente amarelo. Nem todos conseguiam brigar com seu corpo, que exigia descanso de tal sofrimento. E foi assim que muitos morreram. Nada de paz; o sofrimento apenas.

Isolados de sua gente, os poucos alemães que sobreviveram à catástrofe abandonaram as terras. Não temiam mais as ameaças do major, pois nenhuma delas seria pior do que o flagelo da febre. “Comprei os braços e arranco os de quem fugir sem me pagar”, dizia o velho fazendeiro aos seus colonos. Não havia nenhuma revolta em suas propriedades, apesar das cobranças que fazia. É que tinha a proteção de sua clientela de caboclos, de quem comprava seus excedentes de leite, feijão, arroz, cebola e mandioca. Mas nem eles quiseram caçar os alemães que buscaram refúgio em Fontes Claras. Também tinham medo da peste e esperavam que aquela gente por demais branca fosse embora dali e levasse consigo aquela religião estranha em uma língua mais incompreensível do que o latim dos padres da Igreja. Foi assim que o medo da morte tropical fez a cidade ganhar o primeiro vidraceiro, Edwin Jost, bem como o primeiro alfaite Theodor Kappel. O Doutor Valle contava ao seu neto que o filho do vidraceiro escreveu um grande relato em alemão sobre o flagelo. Mas que o texto se perdera durante o combate de 1932. Naquele ano da peste, segundo o jovem Hans Host, todos pensavam que a saúde pública era excelente, visto que ninguém na cidade sofria de qualquer mal até começarem a adoecer subitamente. A febre era tão alta que nem mesmo os lençóis podiam suportar. Não sentiam fome ou sede

As dores impediam o sono e a inquietação consumia as madrugadas. A violência do ataque fez o jovem buscar na descrição de Tucídides sobre a peste de Atenas o caráter da doença que ultrapassava as forças da natureza humana. Enquanto durou aquela explosão terrível, ninguém se queixou de outra doença. A morte sobrevinha apesar dos cuidados médicos, não importava se a vítima era forte, fraca, alta, gorda ou magra. Indistintamente ela ceifava a todos, e quando irrompia, imediatamente prostrava sua vítima, que se entregava ao desespero de um destino inevitável. Não importava se todos na casa estavam sãos e se nenhum doente ultrapassara o umbral de sua porta. O mal podia golpear mesmo na mais isolada das casas ou na mais prevenida família. Ninguém adivinhava o que trazia aquela doença. Talvez fosse o próprio Deus que tivesse escolhido aquela pequena comunidade para testar sua fé por meio de uma calamidade ímpar, nova e inesperada. E o que se viu foi a anarquia, a desorganização do trabalho e a destruição da colônia. "Eu mesmo contraí o mal e vi outros sofrendo dele", escreveu o rapaz, como o historiador grego um dia escrevera.

A febre se foi depois do verão, e a maioria dos colonos deixou para trás as promessas de fertilidade do solo, de fartura na mesa e de uma vida pacata e foi morar nas grandes cidades ao sul, em direção ao litoral, atraídos pelo trabalho no comércio e pela modernidade do barulho dos automóveis que circulavam em suas ruas de terra. Ao major Valle restou trazer de São Paulo outros colonos, mas já não lhes podia cobrar pela passagem ou pela comida. Os malditos governos daqui e da Europa começaram a meter o nariz no jeito como ele administrava seus negócios. "Ninguém quer saber de me ajudar a plantar ou cobrar os alugueis que toda essa gente me deve. Ninguém quer saber o quanto me custa entregar três toneladas de café nos armazéns de Santos. Mas todo mundo acha que pode dizer como devo fazer para ganhar o meu dinheiro. São todos uns anarquistas: do presidente da Província a esses geniais cavalheiros que resolveram libertar os escravos."

Anos antes, enfurecido com tantas idas e vindas daqueles homens do Império, o major abandonou o Partido Conservador e aderiu à República. Era preciso retomar o próprio destino e tirá-lo das mãos de um regime que não mandava em mais nada. Era preciso que o Império caísse. Um novo regime não lhe parecia mais tão ruim. "E Viva a República", pensou. Afinal, pouco importava quem fosse mandar no País ou na capital da Província. Se fosse um amigo, tanto melhor. Se fosse inimigo, que ao menos não se lembrasse de sua existência. Sentia-se livre toda vez que calçava as botas e colocava as esporas para montar seu cavalo. Levava um chicote por via das dúvidas, pois a natureza das coisas nem sempre obedece, nem sempre se dobra ao senhor. Dos bichos à gente, todos sabiam que trazia o açoite e um facão. Chamava o primeiro de "capataz" e o segundo de "professor". Entrou para o Partido Republicano Paulista e, dessa maneira, o major Valle manteve o reinado em suas terras. "O avô do meu avô matou um escravo com o chicote. O homem havia pegado uma moça bonita e cortado a garganta dela. Aí, o pessoal pegou o bandido e amarrou ele na maior árvore da praça. E, como meu tataravô era o juiz de paz da cidade, ele julgou e depois matou o bandido", contava o neto.

E todos os meninos ouviam as histórias terríveis do jovem João Antônio durante o intervalo, enquanto apanhavam o lanche que suas mães haviam mandado em suas lancheiras. Muitos não acreditavam no que ouviam, que a vida pudesse um dia ter sido assim tão cruel e bárbara naquelas mesmas ruas que eles agora ocupavam para ir para casa de mãos dadas com seus pais e mães. Outros ouviam as histórias sobre os castigos e punições antigas, como as maldades dos personagens dos contos de fada ou a severidade divina na *Bíblia*. Aquilo lhes parecia irreal demais ou tão assustador que seria melhor esquecer do que se preocupar com a possibilidade de um dia testemunharem fatos parecidos, que os atingiriam como um raio ou inundariam seus olhos de lágrimas sem que ninguém — nem mesmo Deus — se preocupasse com a dor que deveriam sentir. O terror daquelas histórias tão próximas não era diferente do que lhes proporcionam os filmes de vampiros e zumbis. Sabiam que nada daquilo exista, mas se cagavam todos quando a noite chegava e algum barulho inesperado se fazia perceber no meio da madrugada. Então, escondiam-se debaixo das cobertas e somente a vergonha que acompanha o medo os impedia de acordar os pais para pedir a proteção de suas camas. O que não havia era quem permanecesse indiferente às histórias do neto do doutor Valle. "Você é o Joca, não é menino?" "Sou." "Pois bem, pare de contar essas histórias de terror para o meu filho, pare de assustar seus colegas com essas bobagens, menino!" Era a mãe de um dos companheiros de sala do menino que se assustara com a execução do negro amarrado no poste e contou à mãe porque estava chorando de noite em seu quarto. Ela surpreendeu o pequeno Valle sentado no cimentado em frente da sala de aula das crianças do segundo ano do ginásio — o grupo aguardava o professor para entrar na classe. "Da próxima vez, falo com seu avô sobre as mentiras que você conta para impressionar os colegas." A mulher lhe deu as costas e saiu dali, deixando Joca sem compreender a razão daquela bronca. Não fizera nada de errado e, principalmente, não contara nenhuma mentira. Ele sabia sim a razão para que não houvesse em Fontes Claras ninguém que descendesse dos muitos escravos que viveram nas propriedades das quatro famílias, os Valle, os Campos de Menezes, os Salles e os Negreiros de Albuquerque. A peste que levou embora os negros foi causada pelos homens brancos.

Todas as pestes tinham uma explicação humana. O homem se enamorara da morte ao se aproximar da força divina, ao atravessar oceanos, construir mitos, controlar os bichos e aprisionar os pássaros. Aquela energia do mundo levantava de quando em quando e se esgueirava até o Ribeirão Prates para, silenciosamente, invadir os porões de Fontes Claras. E sempre seria assim, sempre a mesma matança renovada a cada trinta anos, com a pontualidade das profecias antigas, com a dramaticidade do destino escrito na parede do palácio do rei: "Mene, mene tequel parsim!" E não haveria Daniel com quem se consultar; ninguém decifraria a escrita da mão do Senhor; tudo se confirmaria na mais absoluta ignorância dos que seriam imolados à fúria do vírus ou da bactéria. A peste consumia a polis para o surgimento do novo, novas vidas e novos amores que se ergueriam sobre a inconsciência dos seres humanos. A ninguém seria permitido conhecer a si mesmo, seus interesses e a consequência de cada um de seus atos. Ninguém terá consciência da própria história e a dos seus semelhantes, seus iguais, meus irmãos. Não haverá registro ou rastro. Nenhuma pegada será encontrada um milênio depois quando escavarem o teu solo. Os que vão morrer pela peste, te saúdam! Dia após dia as famílias se consumiram entre o pavor e a miséria. Deixadas à própria sorte, como os bichos que se escondem no mato, seus doentes permaneciam entocados diante da vergonha que lhes consumia até mais do que as chagas. O que é que fizeram para merecer aquele tom azul em suas faces, aquela falta de ar em suas palavras e a lentidão de seus braços? Um a um os negros se foram. Ninguém escreveu sobre os mortos, pois lhes faltava sobrenome. "Se roubavam ou do que viviam, pouco importava", disse o doutor Valle ao menino. Foram todos sendo abatidos pelo cansaço como no tempo em que os Negreiros de Albuquerque os faziam trabalhar de sol a sol. "As pessoas reclamavam do major Valle... É porque ninguém se lembra hoje em dia do coronel Negreiros. Ah... ninguém se lembra."

Não havia, de fato, em toda cidade quem pudesse se lembrar. Negreiros de Albuquerque era um homem alto, de uma beleza a vapor, dinâmica e exata. Pensara em construir uma nova aldeia em suas terras, onde tudo tivesse um lugar, inclusive os negros, que disto seriam lembrados a granel. Mandara vender o filho recém-nascido de uma escrava porque a mãe lhe roubara um pedaço limpo de pano para envolver a criança. "É preciso ensinar o que é ser honesto a essa gente. E não seria essa aí que ia educar a criança. Logo ia crescer e fugir." Joca ouvia tudo calado. Só lhe restava o avô nesse mundo. Nada mais sabia da cidade além do que o velho lhe havia ensinado. "Acredite no que eu digo, que é tudo verdade. Fui eu que fiz tudo. Essa cidade, sua escola e sua casa. Mandei e desmandei.

Mas ninguém sabe, menino. E ninguém acredita. E é melhor que assim seja. É melhor que assim seja". E Joca lembrou de toda tristeza, do que se esfumara em uma distância retilínea, em um indistinto horizonte oceânico, como os primeiros anos de vida, esquecidos para que pudesse viver sem a memória da dívida das noites em claro que sua mãe e seu pai passaram para fazê-lo ninar. Logo compreendera que só o doutor Valle era o senhor da memória. De toda memória. Só ele podia nos contar a história de cada menino, da origem da terra e dos homens, de suas chagas, delírios e sonhos. Os combates e lutas não eram olvidados. Desde que assim fosse a sua vontade. O velho senhor sempre vencia sem ter disparado um único tiro. A cada febre, a cada pandemia, em toda cidade era o mundo a fugir e a se desfazer em soluços e esquecimentos. E, quando esse mundo renascia, sem livros ou registros para memória, então, até Ele dependia do humor do doutor para existir. Pois o que ninguém sabe é que o senhor Valle era o dono de tudo. De toda memória, de todas as terras, de todos os homens. E até dessa história.

Ciúmes

Luiz Kignel

— Eu não quero ficar viúva!

— Do que você está falando?

— Estou falando que não quero ficar viúva! Prefiro morrer antes de você.

— Mas que bobagem é essa agora! Do nada, em um domingo à tarde no sofá assistindo televisão e você resolve me comunicar que quer morrer de repente!

— Eu não quero morrer de repente! Só quero morrer antes de você. Não vou conseguir ficar sozinha. Se ficarmos infectados eu já estou te avisando.

— Meu amor, ninguém está infectado. Estamos em isolamento em casa. Não vai acontecer nada, pare de se preocupar. Além disto você nunca vai estar sozinha. Temos famílias enormes.

— Não vai adiantar nada quando eu estiver sem você.

— Pare com essa bobagem, por favor! E os nossos filhos? Esqueceu deles?

— Eu não esqueci de ninguém. Mas quando isso finamente passar a vida voltará ao normal. E sabe o que vai acontecer?

— Sei, sim! Vamos voltar a ficar juntos como sempre fizemos em nossa família.

— Quem dera! Mas não é bem assim. Filhos crescem e vão embora. Cada qual vai cuidar da sua vida. E aí vou ficar sozinha nessa casa enorme sem ninguém para me fazer companhia, para cuidar de mim. Então já estou te avisando que quero morrer primeiro.

— Pois saiba que eu nunca pensei nesse assunto. E não somos nós que escolhemos quem vai primeiro. Isso está fora de nossa alçada.

— Mas se eu rezar e pedir com jeito para Deus, quem sabe ele me escuta. Porque é um pedido sincero.

— E onde já se viu rezar para morrer?

— Eu não vou rezar para morrer! Deus me livre! Só quero morrer antes de você.

— Tá bom, tá bom. Já entendi. Agora chega dessa bobagem.

— Não é bobagem.

— Ok, então não é bobagem. Se eu perceber em algum momento que vou morrer, aí eu te aviso. Tá bom assim? Se isso te deixa feliz, pode morrer antes de mim.

A esposa então relaxa porque a solidão para ela era pior do que a morte. Se recosta no marido, respira fundo e...

— Quando eu morrer, você vai casar de novo?

— Como é que é?

— Você vai trazer outra mulher para nossa casa? Para morar aqui, usar o meu closet, dividir a nossa cama.

— Que conversa mais tétrica.

— Mas é assim que as coisas funcionam. Eu sei muito bem. Olha o teu primo Haroldo, que ficou viúvo não faz três meses. Disse para todos que perdeu a razão para viver. Mas semana passada foi visto saltitante passeando com a vizinha da casa dele que é uma divorciada muito que espevitada. Andam até dizendo que ele já devia ter um caso quando a pobre da esposa ainda era viva. E o Aurélio, teu amigo da sinuca? Outro que chorava que nem criança sobre o caixão da Cidinha, até recitou um lindo poema no velório e onde ele está hoje? Você sabe?

— Não faço a menor ideia!

— Lógico que não faz! Porque ele enviuvou e nunca mais apareceu na sinuca. Todo mundo achando que era depressão, mas ele acabou sendo visto aos beijos e abraços no facebook de uma menina bem mais novinha que bem podia ser a filha dele passeando alegremente nas praias do Nordeste.

— Deixa o Aurélio em paz, coitado dele.

— Coitada é a Cidinha que cuidava do Aurélio o tempo todo. Ele com aquela gastrite e a Cidinha cuidando da alimentação dele. Qualquer mudança de tempo o Aurélio ficava gripado e lá estava a Cidinha feito babá de criança com a medicação e separando a roupa dele. Agora eu te pergunto: você acha que essa menina que está com ele vai dar remédio quando ele precisar? Na primeira gripe ela vai largar o cara. Tá achando que vai achar outra Cidinha, ah, mais não vai mesmo.

— Bem, vamos deixar o Haroldo e o Aurélio tocarem a vida deles. O que importa é que nós estamos aqui e vamos ficar por muitos anos juntos e...

— Realmente vamos esquecer esses dois tarados!

— Meu bem, eles não são tarados...

— Pare de defender eles porque isso só piora a nossa situação.

— Que situação?

— Você vai ficar viúvo, sozinho. Está com a vida arrumada, conservado. Vai chover mulher interesseira para o teu lado. E aí? Você ainda não respondeu. Vai casar de novo?

— Meu amor, pode acreditar. Eu nunca pensei nisso antes.

— Para isso não precisa pensar. É uma coisa que você deseja ou não deseja. Então tem que responder o que vem do fundo do seu coração.

— Bem, lá sei em que situação isso vai acontecer. Mas eventualmente eu poderia considerar a hipótese de casar novamente.

— Você está pensando em me trair? E ainda assume isso na minha frente!

— Eu nunca pensei em te trair.

— Como não? Acabou de falar que vai casar de novo!

— Mas eu vou estar viúvo! Ora, eu também não quero ficar sozinho nesse mundo se você tiver ido embora antes.

— Que pressa, ein? Meu corpo nem esfriou no caixão e você já estará correndo atrás de um rabo de saia. Uma falta de vergonha de sua parte.

— Mas foi você que perguntou!

— Lógico que fui eu. Quem é a traída aqui?

— Meu amor, ninguém traiu ninguém. Eu não morri. Você não morreu. Nós dois estamos vivos.

— Nós dois não. Nós três! Porque quando eu descobrir quem é essa sirigaita que você já está de olho. Pode acreditar. Eu acabo com ela. E depois mato você!

— Mas se você me matar, vai ficar sozinha! Que é tudo que você não queria.

— Eu ia ficar sozinha, ia ficar! Agora que descobri seus planos, também vou procurar alguém para casar. Não nasci para ser trocada por outra mulher.

— Tá bom, tá bom. Então chegamos a um consenso.

— De jeito nenhum. Pode apostar. Você morre primeiro!

Desmemórias do vírus

Márcia Denser

a gente se aliena para não sofrer, para continuar a viver duma canção esquecida

Escrever para quê? Quem vai ler isto? Caso a Humanidade não sobreviva.

Tenho 70 anos e vivo num sítio no sul do sertão mineiro, quase totalmente isolado, próximo à cidade de Carrancas. Estou protegida? Sim, totalmente, mas em Lavras, a cidade de 100 mil habitantes próxima daqui, já tem 5 casos comprovados.

Antes preciso reportar minha condição: sou uma escritora incrivelmente ativa nas redes, com 40 mil seguidores no twitter e facebook, curso online e vários coachs de obras literárias a caminho, uma escritora extremamente bem sucedida em seu mister.

Minhas postagens diárias contra o infame Jair Bolsonaro e sua maldita troupe de fãs genocidas são também extremamente curtidas e replicadas: escritor de primeira não deixa por menos de 180 toques.

A gente faz o que pode.

8 de abril de 2020: já tem gente morrendo na rua, num ponto de ônibus na Rua Faustolo, uma rua da classe média paulistana, ninguém chega perto do rapaz de calça preta e camisa branca, agonizando, sem respirar. Não é Equador, não é periferia, não é Paraisópolis, é na tua frente, na tua cara, a catástrofe bateu na bunda.

Nos mudamos de São Paulo no final de junho – no meu caso por absoluta falta de opção: a aposentadoria não ia dar de forma alguma se continuasse vivendo naquele casarão na beirada da Av. Paulista que consumia mensalmente caminhões de despesas. Então a família concluiu a construção do chalé próximo a Carrancas e nos mudamos definitivamente.

E estava tudo caminhando às mil maravilhas, com as necessárias adaptações, claro, quando sobrevêm a pandemia.

Quer dizer, não estava, ou não está exatamente maravilhoso, afinal sou uma idosa de quase 71 anos já precisando operar as cataratas, refazer algumas próteses dentárias, entrar num sério regime alimentar e perder 15 quilos para poder operar uma volumosa hérnia incisional abdominal (até porque tenho 2 hérnias, a de fora e a interna, de hiato, a qual está comprimindo o pulmão e que somada à minha hipertensão arterial, me torna vítima fatal do covid-19), procedimentos a serem feitos todos em São Paulo, no âmbito do meu plano de saúde, mas alto, para tudo. Sem contar que tais procedimentos implicam em sérias despesas de deslocamentos, viagens, hotéis, medicações, etc. Haja frila, haja grana, haja disposição de continuar viva.

Então escrever quando, senhores?

Mortes no Brasil por coronavírus esta semana (abril/2020)
Segunda: 553
Terça: 667

Quarta: 800
Quinta: 941

Amanhã deve passar dos 1000 óbitos. Casos confirmados saltaram de 12.056 na segunda para 17.857 hoje. Fora as subnotificações.

Segunda tínhamos 553 mortos por Coronavirus. Amanhã teremos mais de 1.100. Em cinco dias o dobro. Na quarta que vem teremos 2.000 mortes. E na outra (dia 20) mais de 4.000. O fim de abril e começo de maio serão trágicos.

Esqueci de mencionar uma porra duma *psoríase gutata* que apareceu no final de agosto, erupção de manchas e lesões avermelhadas nas coxas e canelas cuja causa é absolutamente desconhecida e nebulosa: paguei 500 golpes a uma médica com cara de 12 anos em Lavras que me prescreveu 253 medicações absolutamente inócuas, caríssimas e disse que a erupção "em dois meses desapareceria sozinha". As causas? Depressão, solidão, velhice: foda-se. E pensar que já fui uma mulher lindíssima e vaidosíssima. Foda-se.

Fica difícil viver assim, às custas da indiferença ao próprio corpo, um dia tão belo, saudável, tão caro. Sem esquecer que sou do tempo que alimentava o ditado: "Tudo o que existe é mulher, o resto é paisagem!"

Coronavírus: 1 doente com covid-19 contagia 6 pessoas e casos podem dobrar em 3 dias, diz estudo.
Evolução do Coronavirus no Mundo
19/1/2020 – 100 casos
7/3/2020 – 100 mil casos
26/3/2020 – 500 mil casos
2/4/2020 – 1 milhão de casos
9/4/2020 – 1,5 milhão de casos

Mas abstraindo tudo isso, estou bem, ótima mesmo, lembrando ainda que vou me tornando infinitamente preguiçosa (a barriga imensa, deslocando o centro de gravidade do meu corpo para a direita e à frente {cruzes!} realmente torna qualquer caminhada uma façanha intransponível, além de terrivelmente cansativa) contudo não é o momento de fazer regime, não se pode baixar as defesas do organismo, então tome vitaminas, proteínas, uns carboidratos espertos, que ninguém é de ferro. E por aí vamos. No mais, céu e montanhas das Gerais. E vacas, boizinhos, bezerros. Cavalos.

Um meio rústico e agro se impõe antes como paisagem não como troca de elementos, se é que me entendem a mim, que mal saio do meu complexo residencial com frigobar e tevê via satélite.

A cloroquina não impediu 15.000 mortes nos EUA,
18.000 mortes na Itália;
15.230 mortes na Espanha;
11.000 mortes na França;
7.000 mortes na Inglaterra
Mas vai impedir no Brasil porque o presidente acha que sim
Vai dar certo.
Do Twitter

Ocorreram também mudanças cruciais em minha subjetividade dos tempos de lazer: não sei se são as cataratas ou o quê mas o fato que não estou conseguindo ler, a atenção ficou dispersa, o fato que é que embarco apaixonadamente nas séries da Netflix tipo *OZARK* ou *Breaking Bad* ou *Better call Saul* (sim, abandonei o Telecine e a HBO que me alimentaram por 20 anos). Outra: cenas de sexo me irritam profundamente então pulo todas, JAMAIS escolho filmes na opção "romance", acho um verdadeiro saco (por que será, por que será, meu deus?). Como se eu tivesse me tornado a madre superiora de porra alguma, sei lá, é algo visceral, fisiológico, os hormônios desapareceram do horizonte.

A representações diplomáticas, sediadas em Brasília, estão deixando o Brasil, que, assim ficará totalmente isolado. Alemanha foi o primeiro país a instar os alemães a sair, por causa de um presidente que boicota o combate à peste.

Hoje, dia 09/04, prestes a chegar na morte de número 1000 o Brasil debate o relaxamento das medidas de isolamento! Nós até vimos algum grau de razoabilidade discutir que todas as regiões do país vão ter tempos diferentes e precisarão fechar e abrir em tempos diferentes.

Sem contar as séries finlandesas, australianas, daqueles povos nórdicos – suecos ou finlandeses – que parecem ter pedregulhos entre os dentes, aí fica uma merda pois meu ouvido continua extremamente sensível aos sons poéticos, à harmoniza universal da linguagem e que mais, que mais?...

Carrancas, 10/4/2020

O fim da selvageria

Patrícia Berton

1.

Engraçado como o medo da morte é eficaz. Todos em casa, em todos os lugares. Todo mundo um pouco atrapalhado, um pouco perplexo, mas todos com medo. E isso a fez lembrar dos adultos que, para ter a obediência de um filho pequeno, dizem que "a bruxa vai vir" [pegá-lo].

O medo paralisa. Nos assombra. Tira o chão de debaixo dos nossos pés. E quando o medo atinge grande parte da população deste planeta que tem acesso à TV, ao celular, aos jornais, a sites e às fofocas dos amigos colegas familiares, ficamos assim. Paralisados, entorpecidos, carrancudos, zonzos.

Todos juntos. Sim. Mesmo que refugiados em casas de praia no litoral francês ou em fazendas no sul da Bahia. Ela tinha lido que em vários lugares havia pessoas indo viajar, ou para suas casas fora da cidade grande ou para destinos turísticos — ainda que a determinação fosse que as pessoas ficassem em suas casas, sem sair.

Nora não tinha medo da morte. Era claro para ela que não era uma questão de *se*, mas uma questão de *quando*. Não damos conta de lidar com a certeza da morte, ela sabia. Mas isso não fazia a morte deixar de ser uma certeza. Só não podemos saber quando.

Precisamos ficar espertos. Ver o medo chegar, acolhê-lo e esperar que ele vá embora. Se não der pra fazer isso sozinho, é bom que liguemos para um bom amigo para encostar a cabeça no ombro dele e deixar as lágrimas rolarem. Ainda que isso tivesse de acontecer através de uma tela de computador ou de celular. Tudo passa. E isso também passará. Ela tinha certeza. E agora, uma esperança.

2.

Era um mundo selvagem. Não no sentido de animais não-domesticados, mas no sentido de selvageria, de cobiça, de desigualdade, de salve-se quem puder.

Como tínhamos chegado a isso, ela se perguntava. Mas não encontrava uma resposta. Ainda que ressoasse no seu ouvido o que o filho, adolescente, sempre repetia: o mundo taí para ganharmos dinheiro, e é assim que funciona a nossa sociedade, aliás o único formato que deu certo. Essas informações precisas ele tinha tirado de livros, é claro, porque não tinha viajado tanto assim nem vivido em lugares tão diferentes nas suas quase duas décadas de existência.

Mas ela não concordava com isso. Aquilo não era certo. A selvageria. Não podia ser certo.

3.

Mas um dia, como se ela estivesse acordando em um sonho, governos do mundo todo passaram a determinar a tal da quarentena. Que não era necessariamente um período de 40 dias. Em alguns lugares eram dois meses. Na cidade onde ela morava, tinha uma quarentena de apenas duas semanas. No resto do mundo a ideia de mandar os cidadãos ficar em casa tinha começado fazia dois meses. Mas para ela, tinha começado fazia pouco, uma semana, duas talvez. Ela não sabia ao certo.

Havia um vírus. Ele primeiro nem nome tinha. Depois foi batizado de coronavírus. Falava-se muito, dizia-se pouco. As notícias eram muitas, mas faltava clareza e sobrava histeria. E antes mesmo de o governo obrigar os comerciantes a fechar suas lojas, a população da cidade já tinha decidido fechar as portas. De casa, das escolas, dos bares, das padarias. Todos para casa. Exceção para os serviços essenciais. Médicos e outros profissionais que trabalham com saúde, pessoal que trabalha em supermercado e, estranhamente, os garotos pobres que trabalham por hora para empresas de entrega, que seguem com seus chinelos de dedo esfarrapados andando de bicicleta pelas calçadas para entregar a cidadãos amedrontados mantimentos para a subsistência no claustro.

A cidade tinha virado uma cidade-fantasma. Claro que nas grandes avenidas passavam carros e ônibus, mas muito, muito menos. A ponto de ser possível atravessar a rua sem precisar esperar o farol ficar vermelho para os carros. Antes da quarentena, Nora só tinha visto isso acontecer nos feriados de natal e ano-novo.

4.

Cada país vai tomando suas decisões, determinando quem deve ficar em casa e por quanto tempo. Tem algumas determinações que são comuns, da China até o Brasil. Lavar as mãos. Evitar aglomerações. Trabalhar em casa, se você não for médico nem atendente de telemarketing ou supermercado. Se tiver sintomas do novo vírus, não sair de casa por 15 dias. Não beijar nem abraçar as pessoas. Mas o resto varia. Pode fazer exercício? Na Espanha, só dentro de casa. No Brasil, pode.

Pode ir ao supermercado? Em todos os lugares isso ainda não foi proibido. Em algumas cidades, ela leu, na Itália talvez, onde o caos tinha chegado, policiais impediam a passagem de carros caso não houvesse um motivo justificável para o deslocamento. Na Espanha estava havendo multas para pedestres flagrados andando à toa. Era o Grande Irmão, pensava Nora, lembrando-se o livro de Orwell que ela tinha lido na escola.

5.

Na cidade onde ela morava ainda era possível sair de casa sem correr o risco de ser multada. Mas havia o risco de ser insultada. Isso ninguém tinha contado para ela. Aconteceu. Ao voltar para casa depois de comprar frutas e verduras, um rapaz passou num carro preto, colocou a cabeça pra fora e gritou "vai pra casa, porra". Mas se ele estava na rua, por que estava gritando assim? Por que não ficava em casa? E por que estava insultando uma pessoa que tinha saído para comprar comida?

Ela aproveitava o sol da manhã para andar. As ruas estavam silenciosas e o céu, que era sempre cinza, tinha se transformado num céu muito azul. Os parques da cidade haviam sido fechados. Então muitas pessoas que costumam correr em parques passaram a correr na rua. Literalmente. No meio da rua, onde quase não se via carros nem motos. Em contraste com as ruas desertas e as casas fechadas, as árvores pareciam estar em êxtase, mais verdes e mais exuberantes. Com o silêncio da reclusão da população, era possível ouvir mais passarinhos por mais tempo. Eles cantam o dia todo, mas antes da quarentena não era possível ouvi-los tão intensa e lindamente.

6.

Os dias em casa estavam sendo bons e ruins. Quase todos os seus amigos também estavam em suas casas. Em Madri, em Londres, num vilarejo na Bélgica, em Fort Lauderdale. Era engraçado como estávamos todos amedrontados. Mas ninguém dizia isso. O medo dela estava disfarçado. Nas caminhadas matinais sob o sol, ela dava risada toda vez que escutava um suspiro sair de dentro da boca dela, ahhhhhhh. Os suspiros saíam assim, inadvertidamente.

Era preciso relaxar. Isso era evidente. Ir contra a corrente do medo, do pânico, do desespero. As pessoas fechadas em casa, janelas fechadas, portas também. Todos enclausurados. E nenhum som de alegria. Por que será?

Todo o aparato de proteção dos endinheirados tinha se tornado obsoleto De repente, da noite para o dia. Muros pra quê? Sistemas de alarme, cercas elétricas, postes com quatro ou seis câmeras, luzes de acendimento automático — tudo sem serventia. Estamos todos em casa, pensou ela. Todos. Os que estão atrás dos muros altos, os que estão empilhados nos prédios, os que têm casas sem muro, os que estão aglomerados na periferia e os que não têm casa e seguem deitados nos cantos das calçadas sobre pedaços encardidos de papelão. Todas as crianças estão sem ir à escola. As que vão a escolas grandes e ricas e as que vão a escolas pequenas e pobres. Todos isolados. Com medo do vírus.

7.

Ela repetia para si própria que não tinha medo. Mas temia dizer isso para os outros. O que iam pensar? Uma pessoa sem medo em meio a uma pandemia? Aliás, ela procurou o significado de pandemia quando a Organização Mundial da Saúde declarou que o novo vírus tinha sido promovido a pandemia, deixando de ser uma simples epidemia. Tinha saído da China e se espalhado por várias regiões no planeta.

Apesar de não ter medo, ela não conseguia ficar quieta. Trabalhava um pouco e logo tinha de se levantar. Nem sabia por quê. Uma aflição disfarçada de movimentos físicos. De pé, dava-se conta do ridículo: tinha se levantado para nada. Aí rapidamente inventava uma desculpa, buscava um copo de água na cozinha ou andava até o quarto para depois voltar para a sala e sentar-se em frente ao seu computador.

8.

Estavam todos no mesmo barco. Agora era concreto. Não era só uma frase fantasiosa dela, que às vezes se considerava um pouco lunática, um pouco insana, por conta dessas ideias. Dessas fantasias de um mundo menos desigual e menos desumano.

9.

Estava engordando. Faziam pudins, de leite, de coco, de chocolate. Faltava encontrar uma receita de pudim de laranja. Faziam bolos de chocolate com calda de brigadeiro, de cenoura, torta de maçã, banoffee. Até a receita de uma torta de Bailey's ela tinha descoberto, ao conversar com uma amiga sobre as intensas atividades na cozinha do apartamento dela durante a clausura.

10.

Se não for agora, não será nunca mais. Isto é uma oportunidade, pensava ela. Aliás, isso não saía da cabeça dela fazia dias. Desde que começaram a falar do tal do vírus, que não demorou muito para passar a ser chamado de pandemia, e que as palavras quarentena e *lockdown* (que ela tinha descoberto ao falar com os amigos que estavam espalhados pelo mundo. Escreve junto, e não separado, como ela tinha imaginado. E quer dizer ficar dentro de um prédio sem poder sair por causa de uma emergência) começaram a ser usadas com uma impressionante frequência.

Como aproveitar estar em casa? Como aproveitar o céu muito azul? Como aproveitar o fluxo de trabalho mais lento? Por que não estávamos aproveitando?

Lembrou-se de uma viagem linda que fizera muitos anos atrás, para regiões belas, pobres e remotas no país. Tinha decidido viajar por um mês sem levar seu caderno para anotar seus sonhos. Pensava que férias eram férias de tudo, do jornal onde trabalhava, da cidade grande onde morava e também dos sonhos que tinha. Mas não tinha se dado conta de que levaria com ela o que não podia ser tirado dela. E os sonhos faziam parte do que não podia ser extraído e deixado em casa. No terceiro ou quarto dia de viagem pelos cafundós, ela procurou um lugar onde pudesse comprar um caderno, um bloquinho. Não podemos nos livrar do que está acontecendo, e essa tinha sido a lição mais bela daquela viagem inesquecível pelo sertão baiano.

11.

A aflição brotava de dentro dela como se fosse uma azia. Subia pela barriga, passava pela garganta. Queimando.

12.

Era de manhã cedo. E já fazia uns dias que ela estava na quarentena voluntária que tinha sido iniciada na cidade dela.

Enquanto se vestia para começar a trabalhar, Nora sentiu como se um fio se estendesse por dentro do corpo dela, dos pés à cabeça. Um fio muito fino, talvez da espessura de um fio de cabelo. Brilhava, iluminado e vibrante. Ela sentiu um fio de esperança. E soube que deveria tentar manter essa sensação dentro dela. Não só durante a quarentena, que ninguém sabe quando vai terminar. Se no dia 7 de abril ou no dia 20. Quem sabe em maio? Uns dizem que será até junho. Ou agosto. Daqui a cinco meses? Ela devia manter esse fiozinho brilhante dentro dela todos os dias. Da sua vida.

Sem isso, a vida ficaria cinza, opaca e desfocada.

Ela foi dormir aliviada. Tinha esperança. Pela primeira vez em muitos, muitos anos.

Pancada

Marana Borges

Uma pancada.

Podia jurar que ouvi. Vinda de lá, de cima, da rua, de não sei onde,

— Deve ser a primeira bala da chuva.

Ela diz que a chuva é um exército.

— Mas se vivemos no térreo.

Eu respondo.

— A tempestade não pode metralhar o teto de um andar térreo. Pode?

Eu adiciono uma pergunta à resposta.

Uma pancada.

Podia jurar que ouvi uma pancada. Vinda de lá, de cima, da rua, de não sei onde,

Não pode. Pode?

Pergunto, eu.

Não pode. A tempestade não pode metralhar o térreo, o teto de um rés-de-chão.

Eu mesmo respondo.

Deve ser alguém. À porta.

Eu digo.

— Não é nada.
Ela diz.
— Se fosse alguém, tocaria de novo.
Ela diz.

Quando era alguém, costumava tocar de novo. Várias vezes.

Quando costumava ser alguém, costumávamos ouvir o toque tocando de novo. Toque seco em madeira, toque revestido de couro.

Costumava-se tocar de novo. Várias vezes, até cansar, até mutilar os nós da mão, sujar a luva de hematomas.

Até não abrirmos a porta.

— Deve ser a primeira bala da chuva.
Ela crê que a chuva é um exército.

Se for alguém, estará enferrujado, porque: a rajada de vento do inverno irlandês é mais forte — é mais selvagem — que todas as lâminas. Eu respondo. Melhor atender.

— Mas não moramos na Irlanda.
Onde moramos?

Minhas mãos. Avançam. Com os braços firmes nos braços firmes do sofá, basta-me fazer um esforço vão. E levantar. Ingressarei na fatia de piso que levará à entrada. Atender a porta é uma atividade tamanhamente absurda. Primeiro, porque requer uma exatidão difícil: que haja eu dentro, alguém fora. Uma tarefa dupla e imediata. Se eu chegar à porta e não houver mais ninguém, terei falhado. Em segundo lugar, requer figuras tão concretas quanto: uma porta, uma pessoa que atende, alguém do outro lado. Requer a força dos braços para se levantar e acudir. Não há espaço para falhas. Mas as minhas são mãos fracas. As veias as completam, inchadas, os ossos aos saltos. Terei falhado.

Mais outra pancada.

— Deixa estar.

Ela diz. Ela sempre quer as coisas como estão: a água parada nos pratos das plantas: as plantas paradas nos vasos de plástico: a poeira que um vento imóvel eleva à altura dos olhos.

Sendo alguém, tocaria de novo.

Sendo alguém e não tocando de novo, será porque. O frio e a lâmina do vento.

Eu sugiro:

— Se for alguém, estará com frio.

Faço previsões:

— Pode precisar de algo.

Ela discorda:

— Assim não dá.

Ela dá recomendações:

— Os protocolos. Sobretudo os protocolos.

Eu insisto:

— Um saco de arroz.

Especifico:

— Jogamos pela janela.

Ela discorda:

— Assim não dá. Você não para de falar.

Não, não dá. Assim não dá. Não dá para. Ver a televisão. Sentar-se a gosto. Engordurar o sofá com o corpo e o peso das bundas e dos braços duros.

Pancada.

Basta eu gritar: — Quem é?

Mas seria preciso a voz forte que não tenho. Voz de caminhão de lixo arrastando sacos pelo caminho, voz do vidro que cai do saco de lixo e rola atrás das rodas do caminhão, voz das rodas do caminhão atropelando um menino na rua que mexia no lixo de madrugada e não viu que.

Eu tento:

— Quem é?

Se for alguém, a muito custo: ouvirá: não ouvirá: ouvirá. Ouvir é uma tarefa custosa. Requer: alguém que escute. Alguém, rigorosamente.

— Fica quieto. Assim não escuto a televisão.

Ela diz. Ela que assiste à televisão de onde figuras herméticas de tronco e pernas escorregam das cadeiras, apalpam-se as bundas, vaginas e escrotos. São os répteis, são os parlamentares.

Ela tem pressa. Ela antecipa-se à chuva que decepará a ligação elétrica. Quer terminar o programa.

Outra pancada. Audível como uma torneira aberta em uma casa tamanhamente silenciada onde somente sobreviveram vazamentos e torneiras. Só que mais forte, forte como os braços deste sofá onde me afundo.

Em casa, há também alguma torneira aberta. Assim que me levantar do sofá fecharei todas elas, as torneiras que, por aberração e defeito próprio das coisas que enferrujam, abrem-se, tortas. Mas nem o fluxo das torneiras, nada, iguala-se a essa pancada. Por isso, e apenas: comparo-as. A água e a pancada. Tortas. A água torta e suja que sai e essa pancada. Audíveis, ambas. O jorro da água que, em estado de diarreia, acomete a pia; a pancada que, por trás, deixa calejada a mão e a luva. Audíveis, ambas, apenas por oposição. De onde virá tanto silêncio? O vácuo que se deixa invadir pelo ruído lá fora, lá em cima, da rua, de onde. Tanto silêncio e ainda assim minha mulher assiste à televisão sentada sobre seus quadris de velha.

Mais e mais pancadas.

Ela crê que a chuva é um exército. Eu creio que o exército desertou. Há tempos não se ouve ninguém. Na época em que: pessoas a tocar à porta, alguém deste lado a atender. Na época da precisão cartográfica: de um lado, de outro. Naquela época, costumava-se tocar a porta várias vezes. Até que eu me levantava e ia atender. Minha mulher seguia queixando-se na sala, em frente à televisão. Que não era preciso: atender a porta. Que eu fazia: ruído. Mais ruído que a porta. Em geral, eram os soldados. Pediam coisas: um pedaço de pão, um pedaço do nosso dinheiro. Dava-lhes pão; guardava nosso dinheiro para mim e minha mulher. Rigorosamente. Eles vinham com suas roupas esgarçadas de lutar contra caminhões de lixo nas ruas, os pés esfolados pelas ratazanas da cidade. As unhas despencavam para os lados, como os cabelos. Podia-se chamá-los, a eles todos: pedaços de merda. Estavam sempre cheirando a merda. Mendigos, pedintes, esmoleiros.

Devem haver desertado, todos. Temo apenas o último general. Que venha, que um dia toque à porta de casa, que com os restos. Os seus restos: um nariz que balança junto ao queixo. Eu temo que ele com os restos de seu nariz queira recrutar novos soldados. Eu diria: não posso: veja: meu pé chato.

Bastaria, seria mais fácil: não atender a porta.

Não atendo.

Deixo-me estar.

Tantos cômodos para nada, para ficar assim, à beira de uma sala, confiscado em um sofá, ao lado de uma porta que não tem lado de fora, só tem lado de dentro. Estou. Meu sofá é um êxodo que não deu certo. Tivesse eu atinado a tempo, teria: gritado, corrido, fugido. Teria sido capaz de abandoná-los, ao sofá e à minha mulher.

O general há de vir com sua voz de caminhão de lixo arrastando sacos pelo caminho, voz de corpos amarrados em sacos com seus pulmões, tumores, gargantas secas, tendões, são tantos os corpos que não cabem em abraço de mãe, só mesmo em caminhões, não cabem, não cabem. O general decerto insistirá. É preciso novos soldados. Mas eu lhe direi: não posso: sou velho.

Ele não deferirá meu pedido. Porque é preciso gente, gente para carregar os mortos.

Mais e mais pancadas. A casa está sendo metralhada.

— Tempestade.

Diz minha mulher.

O exército alucina desde lá, de cima, da rua, de não sei onde. Pode ser alguém que necessite. Que se lhe abra a porta. Que alguma porta se lhe esteja à mão, disponível. Uma maçaneta, que seja.

— Minha porta não é uma puta.

Eu não digo. Apenas reflito.

Para deixar-se bater a qualquer hora.

Deixar-se foder.

Ninguém foderá com minha porta. Ninguém me foderá. Ninguém foderá à minha porta.

Abro-a se quiser.

Se fosse alguém, poderia atirar-se sobre mim, eu penso.

Confiscar meu sofá, eu penso.

Poderia me deixar combalido e todo surrado, eu adiciono.

Melhor não abrir, eu decido, por fim.

Afinal, se fosse alguém, já teria desistido, eu penso.

Não pode ser alguém.

— Se fosse alguém, já teria morrido.

Ela diz. Minha mulher.

Morrido. Eu concordo. O inverno aqui é mais duro e faminto que o pau ereto do réptil que agora avança sobre a mulher na televisão e lhe arranca os cabelos. Ao que parece, a mulher recusou-se a votar alguma emenda. São os parlamentares.

Minha mulher reclama. Não é somente eu que a atrapalho; também as pancadas. As pancadas haverão de carcomer a porta, o teto, por todos os lados cerceiam nossa liberdade de ir e vir, de não ir e ficar. A luz acabará: porque a tempestade, se for tempestade, ou o exército, se for como uma tempestade, se encarregará de cortar a luz.

Constrange-me, contudo, pensar que pode ser alguém, e lá fora. Onde: o frio, o inverno, a fome aberta. Alguém que pode precisar de ajuda.

Basta girar: a maçaneta da porta.
Mas a nossa: uma porta sem maçaneta.
Basta espreitar: o postigo da porta.
Mas a nossa: uma porta sem postigo.
Basta afastar: cortinas, remelas, catarro, saliva.
Depois de tudo isso, e um aceno.
Mas: os protocolos, sobretudo os protocolos.

Minha mulher reclama. Não é somente eu quem a atrapalha; também as pancadas.

— Cala a boca

Mas as malditas não calam.

Eu não calo. Eu prossigo porque fálico, porque ultrajado.

Comigo, as pancadas.

— Cala a boca

A mulher na televisão também não se cala, é um horror seu modo de não se calar, de seguir gritando. Lá vem eles, os demais parlamentares e os seguranças, vêm aos montes, vão cercar essa mulher. Deviam, isso sim, deviam ter-lhe arrancado os cabelos e a boca.

— Cala a boca

São as pancadas, são as balas que alguém metralha à porta.

É essa emboscada.
— Cala a boca
Cale-se cale-se
Calem-se, todas
Calem as bocas
Suas loucas, suas putas

As pancadas são surdas as pancadas disparam suas armas sobem à altura do prédio e lá de cima despencam: são balas de zinco as pancadas que chegam aqui trincam os dentes trepam nas roupas são como musgos nos meus braços, os nossos, enfiados nos braços ociosos do sofá as pancadas gordura dos corpos mal lavados e um soco no pâncreas as pancadas as pancadas pão oco de cada dia livrai-nos das balas da chuva, pancadas não ouvem são surdas, a televisão escureceu, decapitaram a energia elétrica ninguém mais nos alerta para o fim da orgia parlamentar, de tudo isso restará somente a voz dos caminhões, pancadas untam perguntas à porta são brutas mas com o tempo com os socos a esmo o tronco obeso de minha mulher que sova a televisão eu a ajudo e imploro aos interruptores que debocham do escuro eu com o costume obsoleto de prestar atenção ao silêncio, parece que cansaço, as mãos devem ser velhas como as minhas, as dela, porque os socos recuam e recua a patrulha as pancadas que antes duras antes agora apenas duas, agora suor.

As pancadas vão esmorecendo.

São mudas.

Testo a luz do interruptor três vezes e vejo-me em pé. A lâmpada pende rezas do teto. Corro com os restos de meu nariz restos de velho eu projeto as pernas à frente.

Abro a porta. Lá está, estirado no meio, alguém que desistiu de bater. Lá sobraram apenas os projéteis da chuva.

Quem faltou?

Luana Chnaidermann

Era dia onze de Março e era reunião de pais. Na reunião de pais só havia mães, escreveu o Fernando Sabino, mas ali, na reunião de pais, havia mães, pais, casal de pais, casal de mães, padrastos, madrastas. As famílias conjugam diferente, nesse século vinte e um. Era reunião de pais e antes da reunião resolvemos nós, professores, tomar um vinho, jantar bem às seis da tarde, fomos ao restaurante, uma farra, pedimos pratos de nomes franceses e tomamos vinho, uma taça, porque a reunião, e já foi tanto, e conversamos sobre teatro, combinamos de ir à peça, fizemos piadas sobre chegarmos bêbados à reunião, contamos de alunos, alunas, nossas vidas e viagens. Era reunião de pais e eu apresentei o projeto para aquele ano, o tema da série: medo. Estudaremos o medo. Histórias de suspense. Terror. Enigma.

Ano passado, eu contei, ano passado foi difícil apresentar esse tema. Ano passado a reunião caiu no dia treze de Março e naquele dia uma dupla havia atacado uma escola em Suzano, matado oito pessoas, e se matado depois. Vocês lembram, a reunião ano passado foi justamente naquele dia. Um adolescente e um homem encapuzados atacaram a escola, era uma manhã de quarta-feira e entraram atirando para matar. Era para ser um dia normal. O mais novo então atirou no mais velho e em seguida se matou. As histórias das mulheres da cozinha, as merendeiras, que esconderam os alunos, protegeram, nos armários, nas geladeiras, os alunos pularam os muros e a escola foi invadida e eram adolescentes, funcionários, educadores, a gente quer proteger os alunos, a gente quer proteger as crianças, eu não consegui falar direito, naquele dia no ano passado eu não consegui falar direito, tantos anos de reunião e eu não consegui falar sobre o medo, o poema do Drummond, fomos educados para o medo, o poema do Drummond, uma coisa marca a nossa geração: o medo, e eu não consegui falar dos monstros, vamos criar monstros, estudar monstros, falar sobre monstros, desde que o mundo existe existem os monstros que nos assombram e os monstros modernos e o Frankstein, o monstro antigo, o Gollem, os monstros bons, monstros S.A. e os monstros medievais, os monstros marítimos, quais são os monstros que cada sociedade produz e monstro é aquilo de difícil classificação, desencaixe, sem tamanho, sem fronteira, sem previsibilidade ou controle, que não se aprisiona, não segue regras sociais, imprevisível, o monstro que não vemos e nos pega em lugares fechados, monstros vingativos, monstros punitivos, monstros, qual é o nome do medo, e ano passado eu abri a apresentação, powerpoint e ainda bem que os slides estavam lá porque senão eu não teria falado porque as crianças de Suzano estavam na escola e depois não estavam mais.

Esse ano eu falei. Dois mil e vinte e uma taça de vinho, talvez duas, falei sobre o medo, há anos eu trabalho com esse tema, adolescência, tal, falei, os medos de cada um e parece que vêm entrando, os medos, invadindo concretamente a escola, mas enfim, os monstros, e trabalharemos heróis também e parece, eu falei, ano passado eu mencionei o massacre na escola, e parece, eu falei, que o medo está cada vez mais perto, os monstros, tão perto de nós, e esse ano, eu falei, estou apresentando o tema do medo e olha só, esse ano é o vírus, tem o vírus o corona, mas esse não era o assunto principal.

Apresentamos nossos cursos, nossos programas e uma mãe falou da bagunça nas aulas, a bagunça nas classes, muita bagunça, especialmente na aula da Luana, e eu sabia eu sabia eu sabia é que teve uma aula uma aula em que eles podiam trazer os monstros que quisessem, e fazer uma apresentação sobre os monstros, monstros de desenhos, da galinha amarelinha, de filmes de terror, monstros de jogos eletrônicos, eu não sei como nascem, monstros de internet, e um aluno trouxe o Chupa Cu de Goianinha. É um monstro, tem na internet, foto e tudo, o aluno fez a apresentação. Cada vez que falava Chupa Cu de Goianinha todo mundo ria, ria muito, a classe veio abaixo, nunca se riu tanto, o nome em inglês, saiu no jornal inglês, as meninas gritavam, os meninos gritavam, saiu na TV americana, o Chupa Cu de Goianinha, eu vi o vídeo, eu vi a foto, todos vimos, foi bagunçado e vimos também trailers de filmes de terror e que medo, cobrimos os olhos com as mãos, nos viramos de costas para não ver e gritamos juntos, mas olha só, eu achei que tudo bem, será que não?

E as instruções para o acampamento, daqui a quinze dias, será em um lugar aberto, consideramos que tudo bem, haverá dois dias de fantasia, um com temáticas musicais, outro com temáticas de filmes e séries, não gastem dinheiro com fantasias, vamos ser criativos, a escola está redobrando os cuidados com a limpeza, as janelas ficam abertas, o ar condicionado desligado, há álcool gel em todas as classes. Estávamos juntos, a classe cheia de adultos, tentava reconhecer nos adultos os traços dos filhos, alguns muito fáceis, o reconhecimento, tomaremos os cuidados necessários e o rancho é um espaço aberto, nós vamos e será bom, os principais objetivos da viagem, estarmos juntos, cooperação, convivência, diversão.

Todos acomodados nas carteiras, a sala lotada, e um pai levantou a mão e perguntou e se a escola tiver que fechar? Virei o pescoço, olhei para meus amigos, franzi a testa, a escola fechar? Como assim, imagina, a diretora falou conversamos sobre isso na direção. Espanto. Como assim, imagina, a direção falou sobre isso na reunião deles, esperamos que não, desesperamos que não, achamos que não, eles conversaram mesmo sobre isso? cochichei, incrédula, para meu amigo professor de história, imagina, nossa, mas se tivermos que fechar, não temos um sistema que possibilite, por exemplo, a manutenção do horário em aulas virtuais, teremos que trabalhar com atividades que serão enviadas, estamos conversando sobre isso, a reunião terminou, o Chupa Cu de Goianinha, não devia ter deixado.

Então no sábado o seminário, teríamos um seminário para discutir o ato de estudar, era o sábado inteiro, muito chato, o sábado inteiro na escola, Paulo Freire, a gente ia ler o Paulo Freire, e conversar sobre o que é estudar e hábitos de estudo e no dia seguinte na aula eu era a professora mais brava, mais rigorosa que já se viu, poderia até ganhar o prêmio da disciplina, já na chamada, se todos não estivessem quietos e sentados, já não falaria mais nada e as palavras são ordem e disciplina, todos quietos, lista de medos:

escuro, separação, divórcio, ficar sozinho, não ser amado, cobra, assassinato, estupro, agulhas, morte, dentista, injeção, todos rirem de mim, não ter amigos, perder as pessoas que eu amo, passar vergonha, acupuntura, dois caras em uma moto, palhaço, sequestro, tortura, plagiar pessoas, sair da escola, pesadelos, o professor de geografia perceber que eu estou desenhando na aula dele, gansos, patos, galinhas, barata, aranha, cobra, jacaré.

Houve uma outra aula, ano passado, em que os alunos correram pela sala gritando, pediram para sair, esconderam o rosto com as mãos e ninguém se ouvia mais, não importa o que eu fizesse. Estudávamos mitologia e líamos o livro do Vernant, O universo, os deuses, os homens, e eu explico que os homens quer dizer os homens e as mulheres, a humanidade, que antigamente era assim, a gente falava os homens e incluía todo mundo mas hoje, o que eles visualizam quando falamos assim os homens? um bando de homens, eles respondem, então, mas ele quer dizer a humanidade, ele mesmo, um homem do século vinte, mas tão legal, vocês nem imaginam que pessoa extraordinária era o Vernant. E então líamos o livro que ele escreveu, as histórias que ele contava para o neto, e a criação do mundo, na criação do mundo no início era o caos, e depois veio a terra e como era bom ter um chão, fronteiras, uma sede, um lugar para se organizar, para pisar, e na terra há também o caos, o tártaro e o céu, Urano, e a força de Eros. E Urano sobre Gaia, Urano sobre Gaia e não saía de cima dela, os alunos as alunas me olhavam, mas isso é estupro, vamos ouvir a história, eu continuei lendo, Urano não saía de cima de Gaia, e ela cansada, inchada, farta já e com todos os filhos dentro. Como assim?

Urano não saía de cima de Gaia, fortíssimo o desejo sexual, não dava sossego, O Céu sobre a Terra, grudado, e ela engravidava, mas não podia parir. Os filhos não podiam sair de dentro dela e não dava, assim não dava, já havia sete filhos dentro de Gaia e o Céu inteiro sobre ela, grudado nela, sem descanso, e então ela teve um plano. Chamou os filhos para uma conversa, que eles a ajudassem, se rebelassem contra o pai, algo deveria ser feito, Gaia já não aguentava mais. Os filhos todos recuaram, a não ser Cronos, Cronos topou, cronômetro, o tempo, já vamos ver, a relação entre o tempo e essa história toda, por enquanto Urano continua cobrindo Gaia, não para, mas os filhos todos, dentro da Terra, dentro da barriga da mãe, ninguém queria saber de ir contra o pai, mas Cronos, o mais novo, sim, topou, disse sim, te ajudo mãe. Gaia então deu ao filho um facão, um sabre uma espada, não sei, forjado pelos Titãs. Cronos guardou a arma e aguardou ali, no ventre na mãe, onde mais, não podia sair. E quando Urano penetrou Gaia, seu membro dentro de Gaia, Cronos pegou com uma mão o membro do pai e com a outra cortou o pênis de Urano que, urrando de dor, se afastou, saiu de cima, urrando de dor e então houve espaço entre a Terra e o Céu e todos os filhos puderam nascer, daquela geração em diante. E começou a história e começou o tempo, com o nascimento começa o tempo, o Céu se afastou da Terra e os seres puderam circular e começou a História, mas ali naquela hora ninguém me ouvia mais. Houve um menino que ficou parado me olhando, o que é isso, professora, havia aqueles que não haviam entendido bem, como é possível, não entendi, como assim, e havia aqueles que se retorciam na cadeira, as mãos no baixo ventre, imaginando a cena, um muito educadamente pediu para sair e outros tantos estavam berrando e correndo pela sala, pedindo socorro. Eu vou ser despedida, pensei.

O problema é que nunca mais tem uma história tão boa quanto essa. Nem quando Cronos engole seus filhos, um a um, mesmo antes de abrirem os olhos, para que um filho dele não faça o mesmo que ele fez ao pai. Nem mesmo a continuação, o esperma de Urano sobre a espuma das ondas e o nascimento de Afrodite. Credo que nojo, dizem todos.

Então na sexta feira veio a notícia, nosso seminário havia sido cancelado, o acampamento cancelado, prudente, que bom, comemoramos, e minha amiga contou que o amigo dela que trabalha na escola estrangeira falou que a escola havia fechado, todos em casa, um caso, um aluno doente, viajam muito e em outra escola estrangeira, dois casos, as famílias, não os alunos, tudo bem, tudo bem. Que coisa, olha que bom, amor, teremos o sábado para nós dois. Era dia quatorze de Março. Uma amiga fez uma festinha pequena em casa, fingi uma gripe, fomos jantar fora nós dois, uma farra, restaurante japonês, será que é perigoso, um lugar aberto, vamos vamos e no domingo o aviso: terça será o último dia de aulas presenciais.

Na segunda-feira, poucos alunos na sala. Lista de e-mails, o que cada um tá sentindo, o que cada um tá pensando, a matéria, a aula, que aula dar para seis alunos, vamos juntar as classes, fazer os combinados, está todo mundo no grupo de whatts app? E quem não tem celular?

Na reunião, à noite, explicações sobre a plataforma, o que faremos, o que usaremos, como continuar, a sala de aula virtual, o que dá para fazer, como funciona, o que dá para fazer, como assim. Muito conteúdo, pouco conteúdo, muita coisa para fazer, pouca coisa para fazer, o que dá para fazer, como escolher, eu não sei usar essas ferramentas.

Na terça havia seis alunos do sexto ano, dez do sétimo. Os armários esvaziados. A cantina sem fila. Peguei um bolo. Todas nos olhamos, cabisbaixas, que coisa. E os funcionários? Ficarão em casa também? Peguem os livros, os cadernos, orientei as crianças. Levem tudo para casa. Vocês não sabem do que podem precisar. Olhei meu armário. O que preciso? Os diários de classe, tem uma regra, uma lei, os diários de classe não podem deixar a escola, levo comigo os diários de classe, a chamada, a parte mais importante da aula. Quando sentamos, caneta na mão e vamos dizendo um a um o nome de cada aluno, aluna, até o fim, Ana, Bruno, Carla, até o fim, Theo, Zeca.

Vocês estão aqui?

E os alunos respondem, no sexto ano, respondem com piadinhas, presunto, não estou, avisam quando alguém faltou, está doente, foi viajar, não sabemos da Joana. A chamada é a oportunidade de respirar um momento, antes da aula começar, nos acalmamos e percebemos e asseguramos: estamos aqui.

Levei os diários. A conversa na sala de professores: nunca vivi isso. Vinte anos de escola. O que vocês estão achando, perguntei aos alunos, sabe eu não estou achando legal, um falou, não é legal, a gente vai sentir tédio, outro me mostrou uma plataforma que eles usam, bem melhor, olha só, você pode postar o que quiser, me ensina, me ensinou, vocês escrevem no celular? sim. Vocês leem no celular? sim. E dei um trabalho, para segunda feira, avisam todo mundo? Sim. É para me mandar por e-mail. Vocês usam e-mail? Não.

Então quarta feira eu acordei e não iria à escola. Nem quinta, nem sexta. Nem segunda feira da semana seguinte. Será que vamos para a reunião? Presencial? Esvaziei meu armário, como se fosse fim de ano. Não deu para carregar tudo. O livro do Vernant ficou lá.

Colegas professores chamados a gravar aulas, amigas professoras exaustas, escolhas, últimas reuniões, como chego na escola, o perigo e os funcionários, como faz, para parar a escola e a escola continuar existindo, temos que preencher muito o tempo deles, ou não, ou não, o professor de geografia defendia o tédio, o ficar em casa, a calma. Esqueçamos os conteúdos. Mas os pais, as mães. Vamos dar todo o conteúdo. Mas os pais. As mães. E os pequenos? Como ficam as crianças pequenas?

No dia 02 de Abril, uma quinta feira, tivemos nosso primeiro encontro virtual. Que loco, comentou o Nuno. Também acho, escrevi. Juntamos a sexta A e a sexta B. Nos e-mails os alunos chamam zion 45, friends forever, aka 34. E no lugar das fotos, desenhos de personagens que desconheço. Vamos mudar isso aí, pessoal, não dá para saber quem é você. Muda. Cinquenta e cinco pessoas. Fiz a chamada. O nome de cada um. Na ordem. Ninguém podia interromper o outro. Microfones desligados. Cada um deveria contar onde estava, mostrar uma coisa que quisesse da casa, contar se está escrevendo o diário que pedi. Nem todo mundo tem computador, internet, nem todo mundo tem esse tempo essa hora, quantas famílias têm um computador para cada pessoa da casa? Ia chamando e as alunas, os alunos, apareciam na tela, as caras boas de crianças, e me deu vontade de chorar. Oi pessoal. Que bom ver vocês.

Mostrei minha cachorra, minha sala.

Ana. Bruno. Carla. Esse é o meu coelho, falou o Daniel. Esse é o meu quarto. Eu estou na varanda da minha casa. Eu estou na cozinha. Todos quiseram mostrar os bichos. A Isa mostrou os desenhos que está fazendo com o pai. O Zeca não aguentou, muita ansiedade, demora muito para chegar a minha vez, saiu da sala. Uma hora. Cinquenta e cinco pessoas. Impossível fazer a chamada assim, percebo no meio, mas um a um, um de cada vez, nenhum a menos. Sexto A. Sexto B. A Juca pediu para avisar que está na estrada com os pais e a conexão está muito ruim. A Alê não tem computador, está na casa da vó. Uma galinha apareceu na tela. O Carlos está na fazenda, mostrou a galinha, a Fernanda, quem nem no livro que estamos lendo. Eu não escrevo no diário porque não há nada para contar, professora. Presta atenção, menino. Chegamos ao Zeca. A aula foi essa. Uma hora. Chamada. Terminou.

Peguei meu diário de classe. Corredores e sinal. Olhei para a minha sala vazia.

Não sabia como registrar, o acontecido. Coloquei a data.

Conteúdo da aula: chamada.

Todos presentes. Mesmo os que não apareceram. Estamos aqui.

Sobre os autores

Evanilton Gonçalves é escritor e revisor. Nasceu em 30 de julho de 1986, em Salvador, Bahia. Graduado em Letras Vernáculas e mestre em Língua e Cultura pela UFBA. Participou da 4ª edição do ciclo "Páginas Anônimas – A literatura que o Brasil faz e você desconhece", programação da FLIP 2017. Já teve contos publicados nas revistas *Subversa*, *Desenredos*, no jornal literário *RelevO* e na revista alemã *Alba*. Possui crônicas publicadas no jornal *A Tarde*. Também publicou nas antologias *Fora Tema*, organizada pelo Coletivo Tear (Severina Catadora, 2016), *Ancestralidades* (Venas Abiertas, 2019) e *Ir também é ficar* (Penalux, 2020). Integra a plataforma *Oxe: Portal da literatura baiana contemporânea*. Publicou o livro de prosa curta *Pensamentos supérfluos: coisas que desaprendi com o mundo* (Paralelo13S, 2017), que está em tradução para o espanhol pela Piranha Editora (México).

Felipe Cruz, nascido em Belém-PA (1988) e criado em Macapá-AP, é professor e escritor. Publicou os livros de poesia *Acúmulo* (2016, Fundação Cultural do Pará/Prêmio Max Martins) e *Os cegos dormem* (2018, Edições ¼). Em 2019 publicou seu primeiro livro de prosa, *Você nunca fez nada errado* (2019, Editora Monomito), em que pôde incluir outra linguagem por meio da qual se expressa: a fotografia.

Luana Chnaiderman, nascida em São Paulo, é formada em Letras pela USP onde também fez Mestrado. É professora de Português e dá cursos de escrita criativa na Escrevedeira, São Paulo. Escritora, publicou, entre outros, os seguintes livros: *Minhocas* (Cosac e Naify, 2014); *Fuga* (FTD, 2017); *Os animais domésticos e outras receitas* (Perspectiva, 2018, finalista do prêmio Jabuti, 2019).

Luiz Kignel é advogado, especializado em sucessão familiar, e publicou dois romances policiais na Alameda: *A morte tudo resolve* (2012) e *A morte não toca violino* (2017), que têm como protagonista o advogado Thomas Lengik. É sócio do escritório Pompeu, Longo e Kignel Advogados.

Marana Borges é formada em Jornalismo pela Universidade de São Paulo e mestre em Teoria da Literatura pela Universidade de Lisboa, onde atualmente realiza o doutorado. Morou em Portugal, França, Espanha, Irlanda e Cabo Verde, e hoje vive em São Paulo. Foi correspondente em Portugal do site *Opera Mundi* e colaborou com Agência EFE, A *Semana* (Cabo Verde), *Revista Educação, Veja, Terra Magazine, Marie Claire e Portal da USP*, entre outros. Como escritora, ganhou o Prêmio Governo de Minas Gerais como o romance *Mobiliário* (inédito), o Prêmio Humberto de Campos da União Brasileira dos Escritores (contos) e foi selecionada pelo Programa de bolsas para escritores da Biblioteca Nacional, além de ter sido finalista do Prêmio Nacional Sesc de Literatura (romance e contos). É autora do artigo "O predomínio das memórias frente ao romance nas narrativas a respeito da ditadura militar brasileira", publicado pela revista *Estudos de Literatura Brasileira Contemporânea*, da UnB.

Marcelo Godoy é jornalista e autor do livro *A Casa da Vovó – uma biografia do Doi-Codi, o centro de sequestro, tortura e morte da ditadura militar* (Alameda), com o qual ganhou os prêmios Jabuti (livro do ano de não ficção) e Fundação Biblioteca Nacional (Melhor Ensaio Social). Recebeu ainda o Prêmio Vladimir Herzog de Direitos Humanos pela reportagem "Rota 66, a confissão". Atualmente é repórter especial do jornal *O Estado de S. Paulo*, onde coleciona dezesseis prêmios Estado de Jornalismo.

Márcia Denser é autora de *Tango Fantasma* (1977), *O animal dos motéis* (1981), *Exercícios para o pecado* (1984), *Diana caçadora* (Global, 1986), *Diana Caçadora/Tango Fantasma* (Ateliê, 2003), *A ponte das estrelas* (Best-Seller, 1990), *Caim* (Record, 2006), *Toda prosa II – obra escolhida* (Record, 2008) e *DesEstórias – crônicas e artigos* (Kotter Editorial, 2016). Organizou três antologias *Muito Prazer* e *O Prazer é todo meu* (Record) e *Os Apóstolos* (Nova Alexandria), participando de dezenas de coletâneas no Brasil e Exterior. É traduzida em nove países e em dez idiomas: Alemanha, Argentina, Angola, Bulgária, Estados Unidos, Espanha (catalão e galaico-português), Holanda, Hungria e Suíça. Dois de seus contos - "O vampiro da Alameda Casabranca" e "Hell's Angel" foram incluídos nos *Cem Melhores Contos Brasileiros do Século*. Hell's Angel integra os *Cem Melhores Contos Eróticos Universais*. Mestre em Comunicação e Semiótica pela PUC-SP, é pesquisadora de literatura e jornalista.

Paloma Franca Amorim nasceu no ano de 1987 em Belém do Pará. De 2006 a 2018 manteve um espaço fixo semanal de crônicas e contos no jornal paraense *O Liberal*. Em 2017 lançou seu primeiro livro de contos, *Eu Preferia Ter Perdido Um Olho*; pela Alameda Casa Editorial. Colabora com artigos sobre arte e cultura para o portal *Opera Mundi* e foi articulista do caderno Ilustrada do jornal *Folha de S. Paulo*. Uma autora amazônica, isso é, um coração de águas barrentas.

Patrícia Berton nasceu em Porto Alegre, Rio Grande do Sul, em 1971. Publicou pela Alameda os livros *Sozinha é o dobro* e *Juro que não vou gritar*. Formou-se em jornalismo e mudou-se para São Paulo em 1995, onde mora desde então. Trabalhou em inúmeras redações – *Folha de S.Paulo*, *Gazeta Mercantil*, SBT, UOL, Rede Globo, Editora Abril, Editora Globo. Tem um blog (sozinhaeodobro.blogspot.com) e olha para o céu todos os dias.

Vera Moll é capixaba de Mimoso do Sul. Mora no Rio desde 1965, onde se graduou em filosofia. Teve cinco filhos. Em 1981, publicou seu primeiro livro, *Teias de aranha (Ed. Antares)*, um ensaio autobiográfico. É autora dos romances *Um homem delicado* (Uapê, 1996), *Mulher de bandido* (Uapê, 1998), ambos premiados pela União Brasileira dos Escritores, *Meu adorado Pedro* (Bom Texto, 2001), romance baseado na vida de dona Leopoldina, e *O vestido vermelho*, Prêmio Nacional Cruz e Sousa, 2008-2009 (FCC edições, 2010). É coautora, com Sônia Gonçalves Mileipe, de *O barão do café, memórias de uma família brasileira* (Jaguatirica, 2013). Em 2019, lançou pela Alameda o romance *Matalauê está me chamando*. Participou dos livros de contos *Doze autores e suas histórias* (Bom Texto, 2003) e *Marquesa de Santos, ficção em doze contos* (Bom Texto,

2003). Atualmente trabalha em um novo romance intitulado *A fonte que canta*.

Coleção Garimpo dos Editores

Um clube de leitura muito especial: participe! Mais detalhes em: www.alamedaeditorial.com.br/garimpo

Depois de anos 16 anos publicando trabalhos de ponta da Universidade e do Jornalismo brasileiros, a Alameda resolveu presentear seus leitores com um projeto único. Você paga um pouquinho por mês e a cada seis meses recebe uma obra rara, em edição especialmente preparada para a ocasião. A obra será selecionada pelos editores Joana Monteleone e Haroldo Ceravolo Sereza e aprovada pelo conselho editorial da Alameda.

O primeiro livro da coleção é uma preciosidade: a reunião de textos do escritor Domício da Gama, correspondente do jornal Gazeta de Notícias, enviados de Paris, com lançamento previsto para 1 de julho de 2020.

Domício é hoje um autor "esquecido", cuja escrita se aproxima, segundo Lúcia Miguel Pereira, da de Machado de Assis. Para o organizador do volume, Franco Baptista Sandanello, Domício é um dos mais importantes representantes do impressionismo literário no Brasil, na virada do século XIX para o XX.

Depois de ser correspondente em Paris, onde foi amigo de Eça de Queiroz, Domício ingressou na vida diplomática, foi braço direito do Barão do Rio Branco, embaixador em

Washington (EUA) e, posteriormente, ministro de Relações Exteriores. De Paris, narrou a quente histórias saborosas, como os golpes financeiros ligados ao canal do Panamá, e contou aos leitores brasileiros os hábitos parisienses que tanto seduziram os habitantes do Rio de Janeiro.

Nosso clube não tem caixinha chique, brindes coloridos e presentinhos "especiais". Especiais serão os livros. O lançamento do livro está previsto para o dia 01 de julho de 2020.

Assine agora e entre participe desse projeto!
Acesse www.alamedaeditorial.com.br/garimpo

Alameda nas redes sociais:
Site: www.alamedaeditorial.com.br
Facebook.com/alamedaeditorial/
Twitter.com/editoraalameda
Instagram.com/editora_alameda/

Esta obra foi publicada em São Paulo no outono de 2020. No texto foi utilizada a fonte Electra LH em corpo 11 e entrelinha de 15,5 pontos.